U0856816

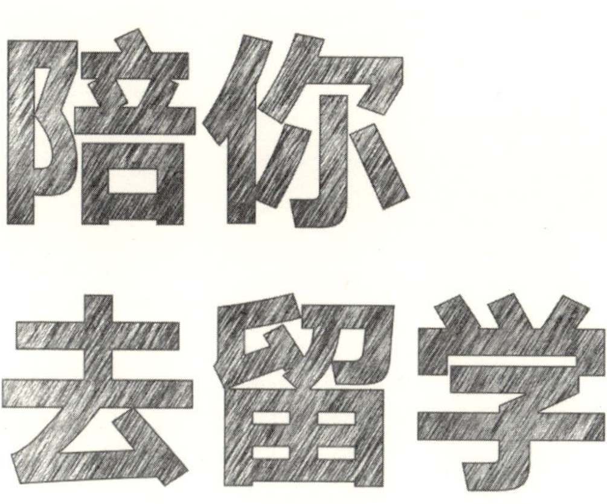

〔美〕王欣 著

人民文学出版社
PEOPLE'S LITERATURE PUBLISHING HOUSE

著作权合同登记号　图字 01-2018-1750

图书在版编目(CIP)数据

陪你去留学 /（美）王欣著. — 北京：人民文学出版社，2018

ISBN 978-7-02-014045-9

Ⅰ. ①陪… Ⅱ. ①王… Ⅲ. ①纪实文学-美国-现代 Ⅳ. ①I712.55

中国版本图书馆 CIP 数据核字(2018)第 063517 号

责任编辑　**朱卫净　王轶华**
装帧设计　**钱　珺**

出版发行　**人民文学出版社**
社　　址　**北京市朝内大街 166 号**
邮政编码　**100705**
网　　址　**http://www.rw-cn.com**

印　　制　**山东临沂新华印刷物流集团有限责任公司**
经　　销　**全国新华书店等**

开　　本　**889 毫米×1194 毫米　1/32**
印　　张　**7.5**
字　　数　**10 千字**
版　　次　**2019 年 4 月北京第 1 版**
印　　次　**2019 年 4 月第 1 次印刷**

书　　号　**978-7-02-014045-9**
定　　价　**39.00 元**

如有印装质量问题，请与本社图书销售中心调换。电话：010-65233595

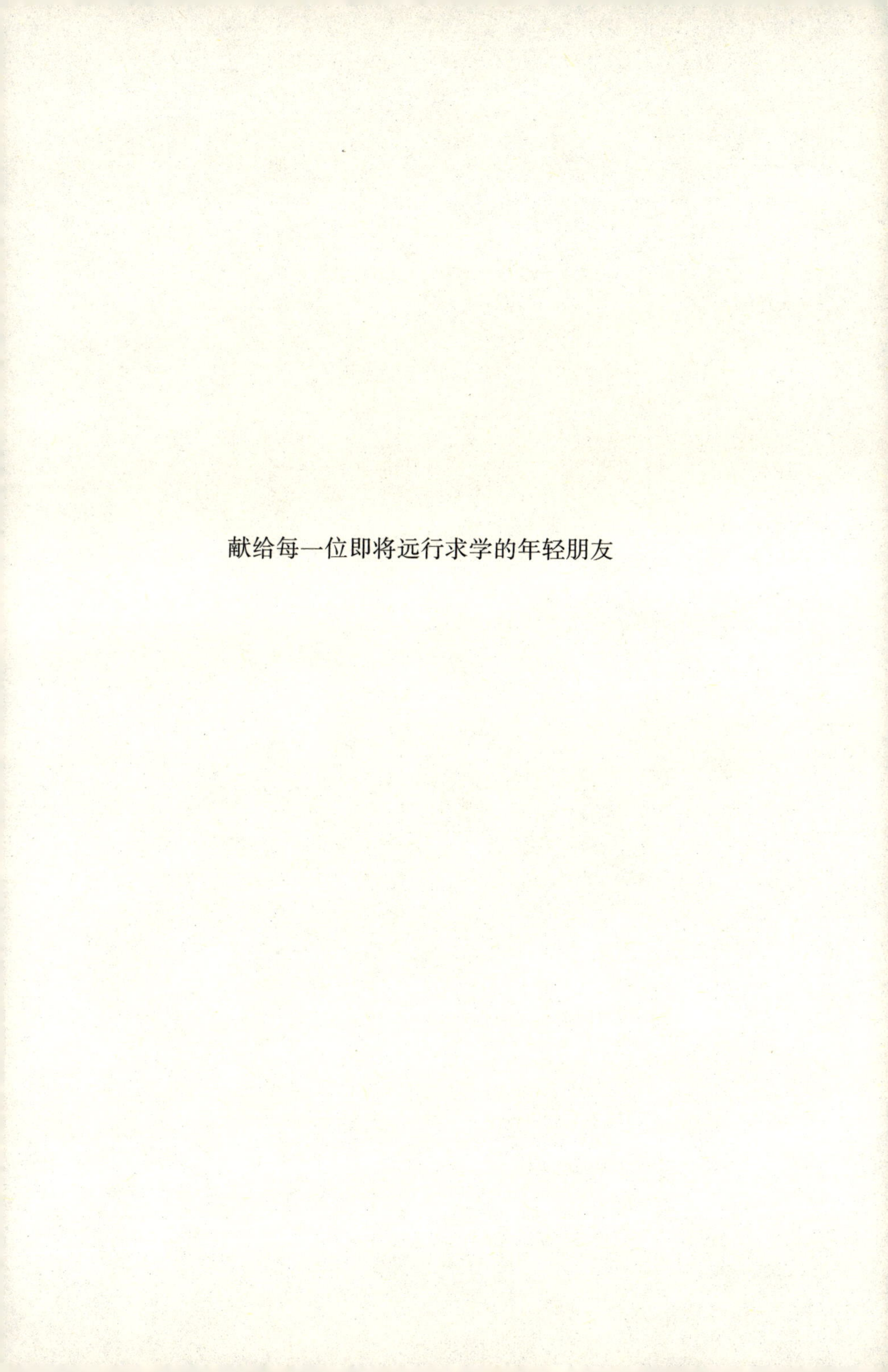

献给每一位即将远行求学的年轻朋友

关于这本书

据2011年底的统计，有大约20万中国学生在美国就读，包括高中、大学和研究生。这个数字在过去的十年间每年增长幅度为10%～20%，并在继续加快上升。①

对于很多中国家长来说，让孩子接受美国教育，不仅是重要的未来投资，也是培养孩子独立成长的机会。近些年来，送子女赴美读书的又一轮热潮正在兴起。与以往不同的是，赴美读书的孩子呈现低龄化趋势，他们不仅就读于大学或研究生院，读中学的也越来越多。许多学生在来美国上学之前，并没有深入接触过美国社会，往往只是通过媒体了解，要么是和家

① 数据来自美国国际教育协会（Institute of International Education），这是一家以促进国际间学术和教育交流为宗旨的非盈利机构。

人度假或参加夏令营时来过美国走马观花，所以到了入学时，对即将面对的文化冲击完全没有心理准备。

近年来不时有报道反映中国学生在美国适应新生活时所面临的种种挑战。固然有成功，更多的是挫折和困难。许多中国学生怀着最初的新奇与兴奋，希望能结交朋友，完善英语能力，更好地融入美国文化，却终因不能克服文化和生活中的实际障碍，使得种种期待落空。这种处境和感受直接影响到中国学生在美国的学习、生活质量和精神状态。我曾经接触过很多来自中国的学生，知道他们在完全陌生的环境中感到前所未有的孤独和压抑，甚至可能经历自闭和抑郁。在初始调整时期，很多学生都独自忍耐心中的难过，努力克服困难，不愿让国内的家人担忧。远在万里之外的父母并不知道这些挑战的存在，或者知道却爱莫能助，除了提供经济资助，没有别的办法帮助孩子。

每当我看到或接触来自中国的年轻朋友，倾听他们在美国的求学经历和遇到的挫折，总是感同身受，心中难以平静，因为这些路我自己曾经都走过。我想，如果有机会分享我的成长经历，提供我的切身体验以供参考，或许可以帮助大家少走一些弯路。这本书里的一个个小故事总结了我从七岁开始，二十多年在美国、中国以及“两地之间”，从小学、中学、大学、研究生至入职以后的生活经历，与大家分享美式、中式和“双重文化式”的成长体验，希望能够帮助年轻的朋友们通过了解美国人从小建立的思维方式和生活习惯，进一步理解美国文化。中美两国的学校和家庭教育方式有很多不同，所以孩子会建立不同的思维方式和价值观，中国学生初接触美国文化必然会遇到门槛。我希望这本书里的小故事能够为即将踏上美国留学之旅的中国年轻人提供“有备而来”的参考，也为远在家乡的父母提供一份从“孩子”的视野所看到和体会到的美国留学经历。

关于我

我出生在北京，小学一年级移居美国，刚到美国时连 ABC 都不会。起初，我和父母来到宾夕法尼亚州的费城（Philadelphia，Pennsylvania），在一所天主教会学校就读，第一次见到修女和黑色皮肤的孩子。接下来的七年里，因为父母工作的原因，我们搬了四次家，我也从美国东部到中部不同的城市，换了五所不同的学校，接触了千差万别的美国人和美国文化。尽管我当时年龄很小，却也不得不一再适应新环境，结交新朋友，学习新语言。有多位美国老师曾经建议父母让我放弃中文，这样可以更快地掌握英语，但我的父母拒绝了，并继续督促我完成家庭中文功课。每年夏天，当美国朋友们参加夏令营时，我会回北京探望亲人，补习中文。

1994 年夏天，父母决定让我留在中国读初中，加强中文的学习，于是我开始在北京第五十五中学国际部上初二。与很多国际学校不同的是，五十五中国际部是用中国的教学大纲和教材来教外国学生，所以五十五中的毕业生，无论来自哪个国家，都比其他国际学校毕业生的中文能力要强很多，而这一点是我的父母非常看重的。在五十五中就读以后，我天天补习语文，并用中文学习数理化各科。与此同时，我不仅结交了许多北京朋友，也和来自世界各地的年轻人培养了友谊。两年后，我的中文阅读和写作能力有了实质性的提高，也建立了一个全球性的终身友谊网络。

回到美国后，我在新泽西州（New Jersey）读高中，并开始为考大学做准备。尽管我曾在美国生活过多年，回到美国上高中后却意外地发现难以适应。美国的教学方式，包括老师讲课的风格，和我已经习惯的中国式教学完全不同，就连这里的学生也和我在中国认识的美国朋友非常不同。我的世界再次翻转。尽管最初几乎没有一门课及格，但我逐渐学会了在美国高中体系内自我调整。三年后，我按照自己的意愿，考上了属于“常春藤联盟”（Ivy League）①的康奈尔大学（Cornell University）的酒店管理学院。

无论在中国还是美国，大学对很多人来说都是足以影响人生轨迹的经历。对于我来说，大学不仅意味着又一个新环境的挑战，也是又一次探索内心的旅程。每一段经历都在不断挑战和测试我身上并存的两种文化，它们在我身上已经融合了二十多年。我逐渐

① 常春藤联盟是指位于美国东部的八所名校，包括：布朗大学（Brown University）、哥伦比亚大学（Columbia University）、康奈尔大学、达特茅斯学院（Dartmouth College）、哈佛大学（Harvard University）、普林斯顿大学（Princeton University）、宾夕法尼亚大学（University of Pennsylvania）和耶鲁大学（Yale University）。

发现我的与众不同：和中国学生不同，和美国学生也不同，也不像ABC（在美国出生、成长的华裔），但我能完全辨识和理解这三种群体文化的相同与不同。慢慢的，我终于明白我其实属于第四类，我称之为“双重文化儿”，因为我是在双重文化的影响下成长的。这么多年来，中美文化对于我来说是平等的、共存的，我没有对一种文化有特别的倾向或偏爱，而是同时参考两种文化来思考问题。像我这样的“种类”，是从小在多种文化的熏陶下成长起来的。对我来说，最大的挑战是掌握平衡：融合两种文化，对每件事都尽可能找到最佳的平衡点来观察与思考。

大学毕业后的近十年，我在几个跨国公司工作过，包括凯悦酒店集团和星巴克咖啡集团，业务范围覆盖四十多个国家和地区。我先后在纽约、波士顿、芝加哥和西雅图工作和居住过，并在西北大学（Northwestern University）的凯洛格管理学院（Kellogg School of Management）获得了工商管理硕士学位。2017年3月，我搬到了上海，在星巴克中国总部工作。我越来越清楚地意识到，成长过程中的挫折不是负担，反而是我最大的财富。

现在，我不仅可以不断尝试两种文化的平衡，在双重文化的背景中思考自己的观点和行为，最重要的是，还可以把自己的成长体会与大家分享，希望能和更多即将走进美国的年轻朋友，在两种文化碰撞和融入中美双重文化的道路上，成为知心的伙伴。

我深知每一种文化和每一代人，都有远离家乡去探索新事物的故事，这并不稀奇，但这些探索的真谛在于“自我发掘”——勇敢地发掘内心的勇气，发掘连自己都不知道的能力和潜力。最终，我们可能会意识到，无论是哪个国家、哪种文化，不同的只是事件的前因后果，而故事的寓意却往往是相同的。我希望这本书可以作为值得信赖的求学小手册，让每一位即将踏上类似旅途的朋友稍稍轻松一点儿，在通往陌生世界的道路上走得更有信心、更加愉快，收获成长的幸福。加油！

目 *contents* 录

第一章 **中美文化，差异在哪儿？** 001

个人空间和隐私 001

表现自我 005

与人相处的要点 008

面子和礼貌的差别 014

社会参与规则 019

第二章 **优点还是缺点？** 027
（小学—美国）

小学一年级至三年级（7 ~ 8 岁，1989 ~ 1990 年）：费城 027

小学四年级至五年级（9 ~ 10 岁，1990 ~ 1991 年）：长岛 039

六年级至七年级（11 ~ 12 岁，1992 ~ 1993 年）：南本德 063

第三章 **在北京的“美国人”** 075
（中学—中国）

第四章 **“大”与“多”的挑战** 099
（高中和报考大学—美国）

高中（15 ~ 18 岁，1996 ~ 1999 年）：莫里斯敦 100

向梦想中的大学发起冲击！ 116

第五章 **情商（EQ）比智商（IQ）更重要** 132
（大学—美国）

挑战之一：拓展视野 134

挑战之二：不怕失败 142

挑战之三：脱离“世界围着我转” 147

大学实习和毕业求职 161

第六章 **建立个人品牌和事业目标** 174
（十年工作经历总结—美国）

“关系”在美国也很重要：纽约 174

个人发展和事业成就齐头并进：波士顿 182

拓展“软硬技能”，开阔视野：芝加哥 193

我们这一代的挑战之一是掌握平衡 205

新的工作领悟：西雅图至上海 218

致谢 222

第一章

中美文化，差异在哪儿？

个人空间和隐私

由于中国人口众多，在公共场合往往很难有个人空间，但在美国，个人空间是一个大家都默认的概念。记得来到美国一年多以后，有一位小朋友请我去她家玩。开车去她家的路上，她的妈妈顺路带我们去超市买点儿吃的。到了排队结账的时候，朋友的妈妈告诉我们两个可以先帮忙去排队。我们很快找到一条较短的队伍，有一位中年男士排在队尾。我赶紧跟到了他后面，虽说不至于挨着他的脚后跟，但也离得非常近。那位男士当时背对着我们，所以没有意识到，可我的朋友马上问我为什么离他那么近。我回答朋友说，因为排队呀。我当时并没有离得近些就不会有人插队之类的想法，只是下意识这样做了。朋友也站到了我的身边。这时朋友的妈妈过来了，站到离前面那位男士一条胳膊的距离。她冲我们招招手，说：“不要离前面的人太近，这样不礼貌。”这时，前面的男士退了一步，不巧踩到了我们，赶紧回过头，说：“哎呀，对不起，没有看到你们。”朋友的妈妈说：“是我们不对，她们离你太近了。”说完又冲我们招了招手，把我们叫到她的身边。我听到朋友的妈妈轻轻对朋友说：“记得我告诉过你，亲爱的，不要离前面的人太近，这样不礼貌，知道了吗？”虽然朋友的妈妈没有直接跟我说，但是我也觉得挺不好意思的。后来我注意看了看周围排队的人，的确，每个人之间都起码有一条胳膊的距离。这个距离在所有场合基本都是适用的。比如乘电梯，电梯里每位乘客之间都差不多保持这个距离。如果在保持距离的前提下电梯满了，一般不会有人硬挤上去。如果有人因特殊情况需要挤上电梯，就会向其他乘客道歉，说自己有急事，大家也会理解，但如果不打招呼硬往上挤，大家就会觉得这个人没有礼貌。

美国人可能给中国人的印象是不在乎个人隐私，因为他们好像总是大大咧咧地表达自己的看法，而且似乎毫无禁忌，什么都可以公开。其实并非如此，还是要看是什么样的话题。有几个话题美国人是从来不会公开讨论的，哪怕家人、朋友之间也是如此，比如年龄、收入、基本上买任何东西的价钱（尤其是房子和车），还有政治观点和宗教信仰。这些话题在公开或私人场合都是应该避免的。

我小时候有一次到朋友家里玩，她家的房子非常大，有好几间卧室和活动室。我印象最深刻的就是连洗手间都很多，几乎每间卧室都有独立的洗手间，令我非常羡慕。我和朋友满房子跑着玩的时候，她跟我说她们家是多少多少钱买的。说实话，我完全不记得那个数字了，因为当时我不到十岁，对钱没什么概念。只记得她话音刚落，她的妈妈就把她叫到屋里，关了门以后开始低声告诉她不要随便告诉别人家里的东西值多少钱，这是隐私，而且谈论这些很没有礼貌。她们说话的声音离门很近，所以我听到了一些。那天我们一起玩了各式各样的玩具，包括可以自己制作项链等首饰的玩具，都很有意思。本来我想问问她这些东西贵不贵，是多少钱买的，但听到她妈妈的话以后，我也感觉不好意思，明白了不该问这些问题。

一年以后，这位朋友搬家了，搬到了一栋小了不少的房子里。我到她家里去玩，发现她和哥哥、妹妹需要同住一个房间，跟原来的居住条件差距很大。她的玩具变得零零散散，到处都是，不再像以前那样规整。她的情绪也不同从前，变得有些低落。她只是简单地跟我说她父亲的生意不太好，碰到了困难，所以她和哥哥、妹妹需要暂时同住一个房间，但我们还是可以在房间里一起玩。她没有再多说别的，而我虽然同情她，但也真的没有好奇心再问，更何况我明白这是她个人的隐私。

这段经历对我来说记忆犹新，因为当年那位童年伙伴就是美国如今很受欢迎的喜剧演员艾米·舒默（Amy Schumer），当时我们住在纽约州的长岛地区（Long Island，New York）。我搬家以后，渐渐与艾米失去了联系，但是每次在电视、电影和杂志上看到她，都会想起这段经历，以及小时候我是如何有了"个人隐私"这个概念的。当然，作为公众人物，现在艾米经常公开自己的想法，而且如今社交媒体发达，人们也会更主动地表达自己的观点，比如对美国总统或议员选举发表意见。不过，在公共场合或私人交流时还是一样，人们不会讨论自己的经济状况或宗教信仰。在中国，人们友好地问"你这个 ××× 真好，在哪儿买的？多少钱？"是很正常的，但在美国则情况不同。基本上，如果有人问这个问题，大家都会回头看是谁，因为这是非常令人诧异的举动。

表现自我

四年级时，我们住在纽约长岛，印象很深的就是同学和老师都是每天换一身衣服。记得我刚转学去新学校的第二天，穿了跟头一天一样的裤子，结果就有

同学问我怎么没换衣服，为什么穿得和昨天一样。我这才注意到，同学们好像都换了衣服。我觉得很困惑，因为在这之前，我对自己的穿着并没有太在意。

从那时开始，我逐渐意识到一个人的穿着和仪表是非常重要的。虽然很多美国人平时看起来穿得都很休闲，而且近年来随着潮流的开放，人们的穿着更加随意，但事实上，穿着是非常讲究场合和对象的，这是对他人的尊重。而且，穿得有特点，样式变化一些，也是表现个性的重要方式。

记得当天回家后，我和妈妈说起这件事。妈妈说，的确是这样，大人上班也需要天天换衣服，但是她没有想到小孩也会注意这些。后来我慢慢地发现，同学们从小就有用服装表现自我的意识。有的女孩爱穿裙子，天天穿，每天一身，冬天也是裙子加长袜。有的男孩酷爱体育，所以每天一身不同体育项目的打扮，今天篮球，明天网球。美国孩子从小就爱穿出自己的风格，建立自己的品牌。

有位酷爱体育的男同学名叫迈克（Michael），他为参加年级代表竞选费了不少心思，为了能得到同学们的选票，小小年纪还要背演讲词。记得演讲那天，他穿了一身藏蓝色的小西装，配白衬衫，打了红领带。红、蓝、白是美国国旗的颜色，也是竞选活动最普遍的着装颜色，议员、州长和总统竞选时，参选者通常都穿这三种颜色。迈克站在讲台后面，对着话筒振振有词。他向同学们保证，当选后会争取开展各式各样的课外活动，还谈到怎样筹集经费来赞助这些活动。我觉得十分新奇。在中国，要当班长，主要是学习好、人缘好、老师喜欢，好像不需要这么多五花八门的主意。迈克还说，他希望我们学校的体育设备更好一些，比如多点儿篮球、网球、足球，这样上体育课时大家都有球玩，可以加大活动量，减少等候的时间。至于赞助，他提议在学校操场上举办投篮比赛，希望同学们踊跃参加，每投进一个球，就向父母要一元钱赞助，每人有 10 次投篮机会，这些钱贡献出来，就是将来活动的经费。我觉得他很有想法，真了不起。他讲完以后，从讲台后站出来，大家发现他虽然全身西装，脚上却穿了最新款式的Nike球鞋。很多男孩子都为他鼓掌。迈克继续对大家说："我的鞋可以告诉大家，我的目的是明确的，我的中心永远是体育，不会更改！希望和我一样热爱体育的同学投我一票！"大家都鼓掌，觉得迈克太酷了！迈克又对我们女生说："我们还要买粉色的篮球和网球给女同学！"很多女同学也开始鼓掌了。从这件事可以看出，一个人的穿着和他的个人性格、思想主张是很有关系的。美国孩子从小就有从各个方面表现自我的意识，穿着就是其中的一个方面。

与人相处的要点

最让我感到中国人和美国人不一样的一点是，人与人之间关系的管理基本上是相反的。中国人对陌生人没有任何义务，但是一旦成了朋友就往往可以两肋插刀；对家人尤其父母的责任感非常强，亲疏差别特别大。美国人则是完全相反的，而且差别没有那么大。

美国人对陌生人是恭敬的，走在大街上，看到一个迎面而来的陌生人对你微笑或打招呼是很正常的。唯一的例外可能是纽约曼哈顿（Manhattan，New York），那里人与人之间的接触不多。记得我刚到美国时，和妈妈走在大街上，她经常和迎面而来的人相互打招呼。每次我都会问妈妈是不是认识那些人，她说不是，我就觉得很奇怪，不明白她为什么要跟陌生人打招呼。在中国，跟陌生人打招呼是很奇怪的，别人甚至会担心你另有企图。妈妈对我解释，在美国文化中，这是友好和礼貌的体现。当然，我不需要每次都主动，但是如果别人对我点头微笑，我也会回应。

美国人对朋友，就连很好的朋友，在情感和身体上也会保持一定的距离。在中国，女孩们如果是非常要好的朋友，手拉手或挽着胳膊走在大街上是很正常的，但在美国，朋友之间很少拉手或挽胳膊，基本上只有同性恋伙伴才会这样。好朋友之间不知道彼此年龄、收入、房租、花多少钱旅游等个人隐私也是非常正常的。在热门剧集《欲望都市》(*Sex and the City*)中，多次暗示女主角之一萨曼莎（Samantha）比其他几位女士年长一些，但是一直没有揭示她的实际年龄。直到推出《欲望都市》电影时，才出现为萨曼莎庆祝50岁生日的场景。真实的美国文化基本上也是这样的，偶尔可能会问对方哪年高中或大学毕业，就像中国人用属相一样，基本上可以算出年龄，但是很少直接询问。所以，就算和美国人成为好朋友，基本上也应该尽量避免身体上的接触或谈论有关个人隐私的话题。

另外，美国人基本上不太愿意麻烦朋友而变成朋友关系不平等的状态。最简单的例子就是美国人一起出去吃饭都是AA制，也就是大家各付各的账单。如果没有特殊原因——比如庆祝生日，一个人愿意揽下所有账单并说下次别人再付，大家都会觉得莫名其妙。当然，如果经常一起进餐，比如办公室同事，大家也会轮流付账，但在朋友之间是很少见的。所以和美国朋友一起进餐时，除非是约会，否则没有必要主动付账单。

美国人一般不会为了朋友放弃自己的利益，不像中国人有时会为了朋友而不怕麻烦。一个简单的例子就是托人或帮人带东西。中国人往往不管是出差、探亲、旅游，都不怕麻烦地帮家人、朋友或朋友的朋友带很多东西，有时甚至还送货上门。有需要的人对于开口问别人能不能带东西往往也没有太多顾忌。美国人则完全没有这种习惯，一般只会想自己需要什么。如果有人托他们带东西，首先托付的人绝对不会要一些哪儿都可以买到的东西或者数量很多，否则会觉得自己在麻烦别人。如果被托付的人行李装不下或不想带，也会没有顾虑地直接说带不了，不会觉得不好意思拒绝。还有一个例子，上大学以后，有些同学有车，所以放假回家时可以带上几位同路的同学。很多美国人带其他同学时，就算另一位同学的家离自己家很近，再多开20多分钟的路就能到，也往往会告诉另一位同学到自己家以后再让家长来接，别人也不会觉得这样做有什么问题。换作中国人，很可能就会想，既然路不太远，又是好朋友，干脆就送回家吧。所以，在和美国朋友相处时，不用搬出中国为朋友两肋插刀的传统，也要理解美国人可能不像中国人那么“讲义气”。这并不代表朋友之间友谊的深度，只是一种文化习惯，不要感觉是针对自己的。

与中国人相比，美国人对待家人最大的不同就是对亲人的责任感没有那么强，包括对自己的父母和儿女。中国人的传统是上一代付出很多，牺牲很多，所以对下一代也有很多期望。下一代对上一代也有责任感，哪怕不是十分心甘情愿，但若是不能照顾或满足上一代，就会感觉内疚。美国人完全没有这种观点，而且对亲戚也像普通朋友一样，基本上不会因为是亲戚就感觉有特殊的关系和责任。在经济方面，美国人是非常独立的。年轻人过了 18 岁以后，基本上和父母就是相互没有依靠的。

在我上大学时，很多华裔或亚裔父母会为自己的孩子承担四年的大学学费，不管自己的经济条件是否宽裕，但美国同学往往会做一些临时工作，比如在学校图书馆整理资料，工作不累，还可以挣到一些钱来分担学费。当时我有一位朋友是菲律宾移民，父亲是医生，家庭收入不错，可是她和姐姐、弟弟年龄很接近，所以她上大学三年级时，弟弟上大一，姐姐刚刚毕业但准备读研究生，她的父亲一下子一年就要有十几万美元的学费开销。美国的很多顶级学校也会有奖学金和经济资助，但奖学金在好学校非常难拿到，经济资助也要看家庭收入，而这位同学父亲的收入已经超出了可以拿到经济资助的范围。虽然父母很早就开始为子女的大学费用存钱，但是三个孩子四年下来 50 多万美元的学费也造成了很重的经济负担。也有美国人会为自己的孩子打好基础，付大学费用，但不会以义务或责任来看待，能承担或愿意承担就承担，不能或者不愿意也没什么，所以父母和孩子之间没有太多相互牺牲的观念，也就没有太多压力。

面子和礼貌的差别

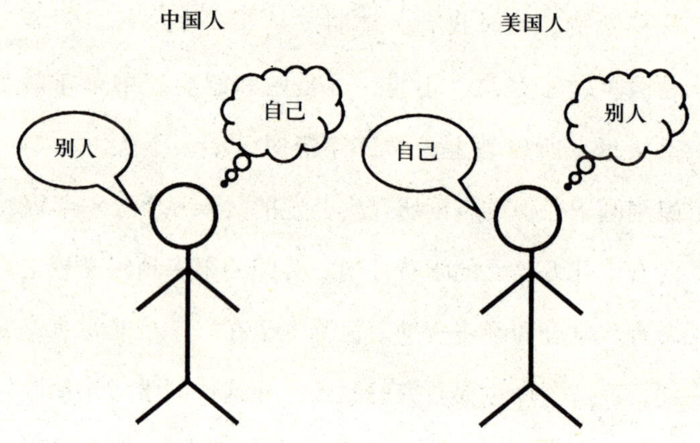

在我的观察中，中美文化之间很容易产生误解的是一个人嘴上说什么和心里想什么的差别。中国人有时不会直接表达内心的真实想法，可能用他人的需要作为借口，或者为了照顾别人的面子而有话不直说，这在中国人看来是尊重他人的表现。美国人则相反，他们通常嘴上很开放，似乎毫无顾虑地说出想法，炫耀自己，给别人的印象是只在乎自己，不在乎别人。这两种交流方式的差异很大，源于两种文化对尊重他人的定义不同。

美国人其实在乎别人对自己的评价，但只是在乎别人觉得自己有没有基本的礼貌，而不是别人对自己的看法如何评价。比如，和一个美国人讨论问题时，他的看法可能和我不一样，沟通方式也非常直接，怎么想就会怎么说，基本上不会太顾虑我的看法是否与他的不同，或者我对他说的话有什么反应。这种直接的沟通方式可能会让中国人不适应，有时甚至会觉得有些敌对，好像对方故意和自己唱反调，不给自己面子。但在美国人眼里，拐弯抹角才是对他人的不尊重，因为不够真诚直率，用很长时间才说出自己真正的想法是在浪费别人的时间。美国人更在乎的是礼节上的评价。讨论时，就算两个人话不投机，美国人一般也会非常有礼貌，“谢谢”和“请”之类的词都不会省。美国家庭里，大人教孩子的三句口头语往往是“I love you”（我爱你），“thank you”（谢谢），和“please”（请）。在中国传统里，如果别人说自己的孩子不听话，家长往往会感觉没有面子，而对美国人来说，如果别人说自己的孩子没有礼貌，家长会觉得非常不好意思。也就是说，美国人对礼貌的认识是礼仪上的表现，对谈话的内容是否会侵犯他人一般没有太多顾虑，因为他们觉得每个人都该有自己的想法，并不需要隐瞒自己的想法去迎合别人。

五年级时，我们住在纽约长岛，有一次到朋友家去玩。朋友特别喜欢娃娃和粉色的东西，屋里的墙纸是粉色的，床是粉色的，床上的床单、枕头全部是粉色的，很多娃娃也穿着粉色的衣服。朋友是一个金发碧眼的女孩，我觉得她就像迪士尼动画片里的公主一样。我们趴在她房间的粉色地毯上画画，边画边聊。

我说："哇，你的房间全是粉色的？你很喜欢粉色吧？"

"是呀！"她回答得很爽快，"你呢？你喜欢粉色吗？"

其实我不喜欢粉色，对粉色一点儿兴趣也没有。我最喜欢蓝色，然后是黄色，总之粉色排得很靠后，可我怕我说不喜欢粉色会伤害朋友的感受，于是我说：“嗯，我也喜欢粉色。”

“不对吧？”朋友突然抬起头看着我。

我愣了一下：“什么意思？”

“我从来都没有见过你穿粉色呀。”

“嗯，我没有什么粉色的衣服。”

“那你就是不喜欢粉色了。”说完，她又低头继续画画。

我顿时感觉如果我继续说喜欢粉色就像是在撒谎一样，于是我说：“其实我不是特别喜欢粉色，但是粉色也很好呀。”

“那你最喜欢的是什么颜色？”

“我最喜欢蓝色。”

“可你刚才为什么不直接说蓝色呢？”

我觉得朋友好像在质问我，大概是不高兴了。我抬头看了看她，可她还是低头画画，并没有生气的样子。“哦，我是怕说不喜欢粉色会让你不高兴。”

这时朋友却抬头看我了。她皱了皱眉头，问：“为什么？你随便喜欢什么颜色都可以呀。如果你不喜欢粉色，为什么要说喜欢粉色？”

我觉得十分尴尬，觉得就像我刚才是故意对朋友撒谎来讨她欢心似的。其实当时十岁的我完全没有意识到这是文化上的不同。我当时只能说：“哦，下次我会说我喜欢蓝色，对不起。”

“不用说对不起，你没有做错什么，为什说对不起？”

一下子，我觉得我们之间的距离越来越远了，明明我们说的都是英语，却怎么好像说的根本不是同一种语言呢。“我是说对不起，我应该说我喜欢蓝色，不应该说我喜欢粉色。”

朋友又皱了皱眉头，看来是被我彻底弄糊涂了，其实就连我自己也不太清楚到底想表达什么。大概一两分钟尴尬的沉默过去了，朋友说下次我有什么喜欢的蓝色玩具可以带来她家一起玩。我说我有一些彩笔铅笔，都是不同的蓝色，非常好看，下次带来一起画画。朋友很喜欢画画，听了很高兴，说：“哦！太令人兴奋啦！下次带来吧！谢谢！”

后来我们再也没有提起这件事。我想，这件事给我留下的印象远远超过对我的朋友。也许她只是纳闷这个中国女孩到底在想什么，但也没有太在意，正如一般美国人不会花太多时间去琢磨别人怎么想一样。我却对这件事始终记忆犹新，从那以后，我就知道如果别人问我怎么想，应该直接说出自己的想法，当然说时还是应该保持礼貌。

社会参与规则

中国家长往往强调孩子的主要任务就是学习，这样可能导致孩子其他方面的培养不是很均衡，比如在同龄人之间的领导能力、在家里作为家庭成员的义务，以及为他人和社区服务，等等。美国人从小就注重培养孩子的家庭和社会参与意识，所以我感觉美国孩子在组织能力和生活技能方面比中国孩子略强。美国孩子在这几方面的培养基本上通过三种活动进行：第一，通过挣零花钱的方式在家里分担家务，了解个人理财，从五六岁时就可以开始；第二，参与社会福利或社区服务，比如社区童子军之类，从小学一年级就可以开始；第三，参加体育活动，从三四岁就可以开始。

做家务挣零花钱，学习个人理财

小时候，父母从来没有给我零花钱的习惯，如果我在生活或学校活动方面需要一些开销，都是直接找父母要的。从小学开始，我就知道我的很多美国同学都有零花钱，可以买一些自己喜欢的东西，比如玩具、糖果之类，一个礼拜大概几块钱。记得也是在纽约长岛上五年级时，我有一次去朋友家，看到她有一本很漂亮的故事书，她说是自己攒了零花钱买的。我听了很羡慕，因为如果我想要这样的书，就得先说服父母，对他们说为什么需要这本书，而他们应允的可能性基本上是零。偶尔过年过节或生日时，我也会得到一些零花钱，但还是要得到父母的允许才可以买东西。我很羡慕朋友可以自由支配零花钱。我问朋友，她的父母每个礼拜都给她零花钱吗？她说是的，但钱是她通过做家务挣来的。我听了觉得很稀奇。朋友带我到她家的厨房，我看见冰箱上贴了一张日历，日历上写着一周内有哪些家务需要完成，后面是不同的报酬！比如：

家　务	报酬
每晚把池子里的脏碗盘放进洗碗机里	$4
一周两次整理自己的房间	$3
一周一次帮爸爸把垃圾倒到外面	$2
一周一次帮妈妈把脏衣服放进洗衣机和烘干机里	$1

我看了以后目瞪口呆。竟然还有这种事！朋友说她和弟弟两个人都参与，并达成一致：

1. 和弟弟商量好如何分担家务，商量时不能吵架。一个礼拜不能两人分一项，必须独立完成。

2. 每个人一个礼拜至少要选一项家务，不能说这个礼拜不需要零花钱，所以不做家务。

3. 姐姐一个礼拜的零花钱不能超过 5 美元，弟弟不能超过 4 美元（姐姐 10 岁，弟弟 8 岁），所以就算想多做多挣钱也不行。

4. 有一些家务必须两人都做，没有报酬，比如吃饭前摆餐具和饭后收拾桌子。家里公共区域（比如客厅）如果有自己的玩具和东西，每晚都要拿回自己的房间。如果这几样基本工作做不好，做了家务也挣不到零花钱。

5. 如果家务没有做到让父母满意或出了差错，比如把餐具放进洗碗机时把它们打碎了，就没有工钱。

另外，每个礼拜挣到的零花钱必须分三组放到三只广口瓶里：

1. 可以随时用的钱。

2. 存起来的钱，每个月父母会往里面加一毛钱利息。

3. 准备捐给慈善机构的钱，到了年底会捐给自己喜欢的慈善机构。

当时我的印象是：这么多规矩也太啰嗦了，不过每个礼拜可以挣 5 美元很不错！现在回想起来，这个办法很有意思，不但可以培养孩子承担家务和帮助其他家庭成员的责任感，还教给了孩子理财的概念。

参与社会福利或社区服务

美国著名的男童子军（Boy Scouts）和女童子军（Girl Scouts）组织是孩子们从幼儿时代就可以开始参加的、最普遍的青少年组织。我比较了解的是女童子军。

女童子军的宗旨是“培养有勇气、信心和品格的女孩子，她们会让世界更美好”。主要的活动有三种：

1. 野外生存锻炼。通过野营等活动学到知识，培养团队合作精神。

2. 社区福利活动。组织童子军一起去收容所帮助无家可归的人，帮着食堂做饭或整理捐赠的衣服，等等。这些活动孩子们可以从小学就开始参加，逐渐建立孩子对社会和社区的责任感和同情心。

3. 卖饼干资助女童子军组织。女童子军的饼干很有名，有很多口味和品种，包括传统的巧克力豆饼干。一盒饼干有 15 至 20 块，售价 5 美元左右，价格并不便宜，主要是为了资助有意义的活动。每个女孩都有义务推销饼干，为自己的童子军队伍筹款，所以要锻炼销售的本领，从挨家挨户敲门推销开始。一般低年级的孩子会有家长陪同去敲门。哪怕被拒绝了也没有关系，目的就是锻炼孩子的勇气，不怕被拒绝，而且学习怎样通过筹款来支持自己的信念。

我的父母当时完全没有这种概念。他们觉得美国教育在这方面很新颖，但也只把它视为美国人的生活方式，并没有想到这些其实都是锻炼孩子的好机会。记得小时候有一次也是为了给学校的活动筹款，要到朋友、家人、邻居那里去推销一些节日小礼品。若是达到相应的筹款等级，就会得到不同的奖赏，比如卖了 50 块钱的东西就可以得到一件 T 恤衫。记得当时我筹到的金额不够，但又特别想要奖赏，父母就只好帮我把差额补上了。父母当时也没有多想，只是为了满足孩子的小愿望，但现在回想起来，父母帮着弥补反而没有达到锻炼孩子的目的。

参加体育活动

美国人热爱体育是全世界都知道的，但是美国人喜欢的体育项目和中国人不太一样。大部分美国人都不知道羽毛球是什么，乒乓球就算知道也没有多少人会玩。美国人更喜欢的是团体性体育项目，比如棒球、橄榄球、篮球，等等。美国孩子一般很小就参加体育活动，上了学以后，一个体育出色的孩子在同学中会比学习好的孩子更受欢迎。更何况在美国，如果到了高中，尤其是男孩子，若真的有体育方面的天赋，还可以拿到奖学金上大学。

橄榄球一般到了高中才会组织，毕竟这个项目比较危险，小孩子是不会参与的。篮球基本上从初中开始，但是棒球从小学就开始了。除了这三个体育项目之外，从三四岁就开始参加儿童足球队非常普遍。一帮小不点儿没有任何战略，但都穿着像模像样的队服，在草地上乱跑追足球，到了夏天，几乎任何住宅区的草坪上都可以看到这样的画面。中学以后基本上就没有足球组织了，毕竟美国人对足球不是很感兴趣。其他单独竞技的体育项目，包括游泳，也可以从四五岁或小学开始。

亚裔或华裔家庭的孩子们一般很少参加体育活动，家长基本上都让孩子课外学乐器，如钢琴、小提琴之类。最常选择的体育项目是网球，也是独自运动，很少参加集体项目。有些家长可能认为亚裔孩子的体型不太适合对抗激烈的体育项目，但是在小学和中学阶段其实都只是业余玩玩而已，并不需要把竞争力看得那么重，毕竟大部分孩子都不可能成为林书豪。

集体体育项目是为了培养团队协作的精神，也是通过共同爱好和他人建立关系，进行社交。很多亚裔孩子都错过了这种锻炼，到了工作岗位上有时就会表现出领导力的欠缺，不太懂得怎样号召和组织大家一起工作。可以说，美国孩子的组织和领导能力，从三四岁起在球场上就开始了。

第二章

优点还是缺点？（小学—美国）

小学一年级至三年级（7～8岁，1989～1990年）：费城

我们刚搬到美国时住在宾夕法尼亚州的费城。费城是美国最古老的城市之一，在美国历史上也有独特的意义：美国的《独立宣言》和宪法都是在费城订立的。我们当时住在离宾州大学（University of Pennsylvania）校园不远的地方，在市中心。宾州大学是一所没有校园的大学，没有围墙，也没有大门，在费城市区占了几个街区。20世纪的80年代和90年代，那个地段治安很差，学生和居民混杂居住，经常发生一些意外事件，抢劫、不同的帮派打架牵连无辜路人都是常事。妈妈当时在读博士，学校离住处不

远，走路只要十分钟，但如果她晚上8点以后才离开学校，就需要校警开车送她回家，听起来很离谱却是事实。

我家附近的小学选择不多。当时听说私立学校比较好，教学、管理都不错，但学费贵，而且路远，我们没有车就很不方便。公立学校教学质量比较差，管理也松散，环境不够安全。妈妈听了一位导师的建议，让我上邻街的一所天主教会学校，比私立学校便宜，但管理很严格，教学质量也比公立学校好很多。于是，我很快就踏进了圣弗朗西斯德赛利斯教堂（St. Frances de Sales）的学校，这是我来到美国后就读的第一所学校。

天主教会学校像很多私立学校一样，规定要穿统一的校服，这并不稀奇。我们是2月份搬到费城的，天气非常冷。奇怪的是，明明大冬天下着雪，女孩们却要穿裙子配长筒毛袜，上身只穿衬衫。我们一开始很不适应，因为中国人从来没有冬天穿裙子的习惯，更何况我妈妈自己是特别怕冷的人，5月份还穿两件毛衣。最后她想出了三个办法：一是把衬裤穿在长筒袜里面，袜子是藏蓝色，看不见里面；二是她居然给我织了条半截的毛裤，只到膝盖，可以用裙子盖住；三是毛衣和衬衫反过来，把一件薄毛衣穿在里面，衬衫套在外面。第一天，我就这样全身鼓鼓囊囊地上学去了。

上学的第一天，妈妈陪我走进教室。我看见了各种肤色的小朋友，白皮肤、黑皮肤，还有几个像我一样黄皮肤的孩子。我当时觉得很新奇，但也很紧张，毕竟这是完全陌生的环境，而且他们说什么我一个字都听不懂。要知道，当时我连 ABC 都不会。迎面走来一位修女，年龄跟我奶奶差不多。她身体瘦削，个子很高，穿着一条到膝盖的藏蓝色长裙，头上戴了顶修女帽，额下露出一缕银灰色的刘海，让我想起《音乐之声》里的修女嬷嬷。她弯下腰，脸离我很近，咧着嘴对我笑。我还没有这么近距离地观察过美国人。我的第一个印象是她的牙齿又白又齐，像假的一样。她的眉骨很高，眼睛碧蓝，略微有些灰色，而且眼睛是凹进去的，显得很大，没有双眼皮。鼻子很尖，鼻孔是两条扁扁的缝，不像我们的鼻孔都是圆圆的。

我正观察着，她说了句什么。妈妈解释她说的是“Hello”，是“你好”的意思。妈妈事先教过应该说“Hi”，于是我响亮地说：“Hi！”嬷嬷很高兴我有反应，招手让另外一个小朋友过来。我一看，像是个中国男孩，圆头圆脑的，穿着男生校服——黄衬衫、黑裤子，打着黑领带。嬷嬷冲他说了句什么，他看着我也说了句什么，可我没听懂。嬷嬷让他又说了一遍，我还是听不懂。妈妈说，嬷嬷让这个小朋友用他的语言跟我说“你好”，但他是越南人，所以我们听不懂。哈！原来黄皮肤黑头发的不都是中国人。离开中国以前，我也没有见过中国以外的亚洲人。嬷嬷和我一样，都以为黄皮肤的就是中国人呢！

妈妈走了以后，嬷嬷老师带我走到我的座位上。教室里学生不少，叽叽喳喳地议论纷纷。桌椅摆放不像在中国，大家全都排排坐，朝向黑板，还有同桌。这里是四到六张桌子面对面拼在一起，整间教室有两三个这样的组合。所以，上课时，我们都是面对面看着同学而不是老师，要向左或向右转头，才能看到黑板和老师。我心想：这样上课，做小动作太容易了！果然，嬷嬷老师好像每天都在不停地呵斥那些做“小动作”的同学。

我的对面坐着一个黄皮肤黑头发的女孩子。老师介绍她叫 Ching，我就知道她也不是中国人，因为汉语拼音没有这个读法。坐在我左边的是一个黑人女孩子，看起来个头比我高很多，脸很圆很鼓，皮肤很亮，黑里透红，眼珠子很大，牙齿比嬷嬷的还白！她的头发像教室里的很多黑人女同学一样，梳了很多小辫子，从脑袋不同的地方向外支棱着，头上别满了不同颜色的卡子。这种发型第一次看觉得很滑稽，就像自己不对着镜子去扎辫子就会是这副样子。坐在我右边的是一个男孩子，白皮肤，但是有像黑人一样的很黑的鬈发，后来才知道他是混血儿，妈妈是白人，爸爸是黑人。总之，周围同学的外表差异很大，皮肤、头发、眼睛的颜色都不同，不像在中国，一眼看过去都是黄皮肤黑头发。因此，我很快就发现，虽然大家都说英语，而且不像中国那样有不同的方言，但所谓的“美国人”并不是单指一种人，而是由很多不同肤色、不同文化背景的人组成的。这也是为什么美国文化很强调“个人独特性”的原因，因为大家都不一样，所以没有可能真正“同化”。就连所谓的美国白人，也是多个欧洲国家移民的后代。美国是一个由“移民”组成的国家，每个种族都会保留一些自己的习俗。不过，大家的共同点就是离开家乡，来到美国开创新的生活，就连最早的欧洲移民也是如此，因此美国文化的主题是独立、创新、领导，而不是服从和沉默。所谓“融入美国社会”，就是与美国文化主题接轨，这种转变经常需要一两代人来完成。对孩子来说，家里是祖国的文化，出了门进入校园和社会又是另一种文化，而且两种文化很多方面都是冲突的，导致孩子要过文化上的双重生活。我很小就有这种感受。

“乖，听话”

上学几天后，老师渐渐开始注意到我的作业能力。数学我很容易就掌握了，因为算术题和中国的很相似。老师发现我因为数学还可以，上数学课时就不太注意听，便经常叫我的名字，然后指指耳朵，意思是让我注意听，锻炼听力。因为我不懂英文，所以课堂上的许多活动，老师一开始并不要求我参加，而是让我自己去慢慢适应，自觉参与，但是我一直积极性不高。首先，美国老师讲课就像在和学生对话，不像在中国，老师讲，大家听，所以我的课堂参与一直是很被动地以听为主。在美国的课堂上，老师会不停地问大家“为什么？”“为什么这样想？”，为的是引导大家更深入地思考问题，表达自己的看法。同学们随便抢答，有些同学还没想好就迫不及待地开始回答，有时谁也听不懂或者说到一半自己都不知道想说什么了。不过，老师的态度始终是鼓励的，如果有同学发言时说得不完整、不清楚，老师会让他/她再想想，一会儿再回答，所以美国孩子敢发言，善于表达自己的看法。

我很早就发现美国课堂上很少有统一答案，每个人的答案都可以不一样，只要自己动脑子想过，就是好答案，没有对错之分。相较而言，中国就非常注重“标准”答案，老师把答案告诉学生，最终大家的答案都是一致的，非黑即白。作为一个中国孩子，我一直觉得发言时内容的对错很重要，而且答案只有对和错，说错了是不好的。印象中，老师和家长的嘱咐都是“不清楚不能瞎说”，而美国孩子往往认为只要发言就是好的。中美课堂参与的起点完全不一样。当一个中国孩子还在衡量自己该不该说，答案正确不正确，说错了会有什么后果时，美国孩子已经站在发言的前锋了。

另外，除了发言内容的对错，中国教育也非常注重维持秩序和规矩。上课发言需要举手，得到老师的批准才能发言；在家里，大人说话时小孩发言属于插嘴，而且大人代替或者代表孩子说话是很普遍的。这样一来，孩子往往会形成一种被动的观念，会认为任何行动都应该听父母或老师的，如果“不听话”，就是“不乖”，大人就会不高兴。中国文化里，说孩子“听话”和“乖”是夸奖，是优点，家长对孩子的口头禅也是“你看谁谁谁多乖呀，你也应该听话”或“你不听话妈妈就不高兴了”。而在英文里，最接近“听话”和“乖”的单词是 obedient 和 well-behaved，直译都有“服从”或“克制自己而顺从”的意思。美国人不会将“服从”作为优点来形容别人。“服从”对于美国人来说是贬义，是一种没有自我想法和表现能力的体现。美国的老师和家长不会用一个孩子是否易于管理或是否服从师长来衡量他。如果一个中国人想夸奖美国孩子而说他很“听话”，很“乖”，一定会被美国家长误解为在讽刺自己的孩子，是十分令人惊诧的评价。

我对中美两种文化在这方面的冲突深有体会，直到走上工作岗位，也在不停地努力达到“服从”上级的同时又有自己独特想法的平衡。当亚裔员工忙着“听话”、服从上级，希望可以得到好评并以多听、多做、少说为标准时，美国员工正忙着发表意见，用自信的口才展现自己有独创性的思考能力。亚裔员工会感觉不适应、跟不上，这是事实，因为这种敢发言的勇气是从小就培养的，美国员工开始工作之前就已经有 20 多年的“培训经历”了。

几个礼拜后，我再也不能拿不懂英文当借口了。某节课上，坐在我左边的那个胖胖的黑人女同学开始捣乱，故意把脚踩在我的椅子上，还不停地踹。我看看她，摇了摇头。她明白我的意思，但还是继续踹。我又看看她。她微微笑了一下，但那是一种得意、顽皮的笑，她知道反正我也说不出什么，拿她没办法。在我看来，她是在欺负人，于是我开始用手推她的脚。这下她不高兴了，更用力地踹我的椅子。这时，老师发现我们两个都心不在焉，便气冲冲地朝我们走过来，皱着眉头问我们两个有什么问题。那个女孩若无其事地耸了耸肩膀，说没事。可老师觉得不对劲儿，又看着我，问我怎么了。我看着老师，不敢说话。一是怕我说得不对老师会责怪我，同学们会嘲笑我；二是上课做小动作在中国是老师不能容忍的，我怕万一说不清楚，老师会觉得我是在狡辩。我心里犹豫着，十分苦恼，心脏怦怦直跳。老师又朝我走近一步，大声问道："what's wrong？"（有什么不对？）这时同学们都转头看着我，教室里很安静。没办法，我终于指了指那个女孩的脚，然后指了指我的椅子，希望老师能明白。老师好像明白了，但仍然对我不依不饶，继续问有什么不对。我看看她，又看看周围的同学，发现大家都看着我，真是狼狈极了。我还是不开口，继续指椅子。老师把双手抱在胸前，看着我说："No，speak."（不，说出来。）接下来的几秒钟感觉就像几个小时，仿佛周围的一切都静止了，就连蚂蚁都安静地等我回答。我张开嘴，感觉口干舌燥，但还是说出："She，feet，chair."（她，脚，椅子。）边说边用手比画。我听到自己的声音说英文，感到很陌生，但老师皱着的眉头变成了灿烂的微笑，对我说："Very good！"（非常好！）老师发话，喝令那个女孩自己到角落里去，对墙罚坐。她瞪大了眼睛看着我，没想到会有这种结果。我也没想到这几个英语单词就改变了我的处境！我松了口气，看了看周围的同学，大家都冲我微笑，好像也为我感到高兴。后来，那位同学再也没有找过我的麻烦。

从那以后，我开始鼓励自己，一定要有勇气试一试，说出自己想说的，哪怕是错的。说出来和说准确是不一样的；说出来，是为了将来能够说准确。有很多学习中文的美国人，虽然他们的发音、语调都掌握不好，但是还非常敢说，因为他们有敢说、不怕错、不怕别人看法的勇气。

现在回想起来，我十分感谢那位嬷嬷老师，她给我提供的不光是第一次说英文的机会，更重要的是在适当的时机建立我的自信心，让我有了开口的勇气，克服了心理障碍。慢慢地，我开始鼓起勇气和同学们交流，有时同学们听不懂也会笑我，但我会勇敢地继续尝试。几个月后，我交了几位朋友，语言不再是我的障碍和借口。

小学四年级至五年级（9～10岁，1990～1991年）：长岛

两年后，妈妈完成了学业，并在纽约长岛地区的一家公司找到了工作。长岛在纽约著名的曼哈顿区东边，和费城非常不一样，属于纽约的郊区。我们离开了城市密密麻麻的街道和一幢幢大楼，离开了到处可以步行的环境，开始了美国很普通的郊区生活。周围都是独立的房子，独门独院，离得很远，去哪儿都得开车。记得当时看见很多小朋友在自家房子前的院子里骑自行车或玩游戏，感觉很稀奇。每家人都有这么大的房子和院子、草地和花园，我从北京到费城都没见过。

当时我的爸爸因为工作原因先回了北京，于是我和妈妈住在妈妈公司附近的一栋公寓楼里。很快，我又要上新的学校了。这一次，我们住的社区有非常好的公立学校，学校设备和老师都是当地数一数二的。美国和中国一样，家长很看重居住的地方有没有好学

校。为了孩子能上好学校，宁可住得贵一些或者多跑些路。我的学校虽然离家稍微远一点儿，但有免费校车接送，所以上学放学还比较方便，而且我也大了，父母不用太担心。

来到美国两年多以后，我在学习和生活上最大的障碍依然是语言。老师们曾经向我的父母建议我在家也说英文，但是父母始终不肯放弃，坚持要求我在家说中文，还为我布置中文作业，这无疑会影响英文的进展。当然，我的英文是有很大进步的，基本的听、说、读、写都可以，但发音和语法不是特别准确，听起来和看起来很明显还是一个外国孩子。

模仿与创造

又到了上学的第一天，妈妈带着我走进校长的办公室。这位校长和教会学校的嬷嬷很不一样，是高个子的中年白人妇女，穿着奶白色的西服长裙和高跟鞋，理着利索的男子短发，化了很浓的妆。听妈妈说话时，校长不停地点头，眨着眼睛，睫毛忽闪忽闪的，还不时咧开嘴对我笑，表示友好。妈妈走后，我又是一个人留在了新的学校里。

我被校长牵着手，带到四年级的教室。教室门一开，就看到里面有好多同学，我开始有些紧张，心里很不愿意再次面对陌生的环境。同学们有的坐在书桌前，有的坐在角落里。这所学校的教室比费城那所学校的大，摆设也不一样。书桌是面对面的，但是十张书桌都摆在房间的一个角落。其他的三个角落，一个有高高的书架，上面摆满了书，地上有地毯，五颜六色的靠枕扔了一地，有几个同学趴在地上看书。另一个角落里有张大圆桌，几个同学坐在那里做手工，废纸和彩笔扔得满桌子都是，地上也有。第三个角落是班主任的办公桌，桌上堆满了纸和本子。班主任也是位白人女士，比校长年轻些，走过来和我们打招呼。有些同学抬头看到校长来了就坐直身体，也有的同学连头都不回，照样干自己的事。老师也没有要求大家起立向校长问好。

老师把我领到教室中间，拍了拍手，同学们都不情愿地回到座位上。老师向大家介绍我是从中国来的。同学们一听，立刻很感兴趣，歪着脑袋打量我，七嘴八舌地问中国在哪儿，我会不会说英文。这里的同学和费城的同学不一样，全班清一色的都是白人孩子，有的金发碧眼，有的火红头发、绿色眼睛、脸上有雀斑，还有的长着棕色的头发。我看着他们也觉得很好奇，因为他们没有一个长得和我相似。后来我才知道，长岛地区犹太人非常多，占居民的 90% 以上。老师说中国是很远的地方，介绍完就宣布大家可以继续自由活动。同学们都欢呼一声，然后连滚带爬地回到刚才活动的角落。

老师告诉我，每天上午和下午各有一小时自由活动时间，我可以选择看书、做手工、画画，或者完成当天的功课，这样回家就没有作业了。我觉得挺稀奇，学校里不光可以自己决定干什么，还能利用上课时间把作业做完，实在是太好了。老师问我对哪种活动感兴趣，我决定画画。老师带我到圆桌前，对周围的同学说剪刀和画笔要和我分享。同学们有的应了一声，大多数则好像对我毫不在意。

我问一位同学应该画什么，他说什么都可以，画完后的作品会挂在教室里展览。我抬头看了看墙上已经挂满的“作品”，有几张看着就像随便用蜡笔涂的线。我心想，在北京画成这样是不会被老师挂起来展览的。我开始画离开北京前美术老师教的小红花和绿叶。有个满脸雀斑的红头发男孩对我的画很感兴趣，问我是什么。我说是红花绿叶，他说：“你的红花为什么像眼睛，而且都是一样的？”我看了看他的画：

我当时的作品　　同学的作品

假如在北京，美术老师可能连 3 分都不会给他。一点儿都不像真的，哪有蓝色和绿色的花，而且花茎和叶子还是棕色的？他很自信地说：“花都不一样，没有任何两朵花长得是一样的。”我不服气，反问道：“哪有叶子是棕色的？”他自信满满地回答：“冬天花快死的时候，叶子就是棕色的。”我想了想，觉得他说的也有道理，但还是不服气，又问：“哪有蓝色和绿色的花？”他很肯定地说：“上个礼拜我去了植物园，就有蓝色和绿色的花，我看到的。”

不久又有一次美术课，老师摆了一个苹果在桌子上，让大家画苹果。我心想这很容易，拿起红色的笔就开始画，结果看到同学们的作品又和我的差别很大。同样一个苹果，在美国同学的笔下有五花八门的样子和颜色。老师问为什么时，大家都振振有词，各有各的道理。有的同学把苹果画成蓝色的（黑暗中的苹果），有的是扁的（说是苹果形状的气球没气了），还有的画成苹果派，连苹果的影子都没有。这些是我完全没有想到的。我只是按照看见的画，一个又大、又圆、又红的苹果摆在课桌上，反而很无聊，没有特点。

后来，我慢慢发现美国老师都要求学生自己观察、思考，一般不会给固定的“样板”去模仿。而且老师注重的是让学生锻炼并展现创造性思维，重点是创作，强调独立思考的能力，而不是“照葫芦画瓢”的技术。在美国，如果你的才能只是复制别人，就算你的复制再优秀，也不会胜过自有的创作能力。后来上高中美术课时“写生”，就算大家看到的轮廓、角度、亮度都是一样的，用的也是同样的材料，老师依然会鼓励大家有独创性，哪怕只是落笔轻重和别人不一样，也要展现出自己的不同。

美国的商业战场也是这样的，两家非常相似的公司竞争，如果两家都想成功，就必须有自己的特点。相比之下，美国文化中刻苦用功的观念没有中国文化那么深，尤其是如果自己下了半天功夫却是在模仿别人，就算是因为崇拜而模仿，也会被美国人误解为懒惰，没有创造力。在这方面，中国文化很不一样。中国的学习和考试很多都采取“死记硬背”的形式，比如抄课文、背课文、背古诗之类，将他人的杰作倒背如流是一个学生需要掌握的基本功。在美国则没有这种习惯，我在美国从小学到大学，几乎从来没有遇到老师要求学生背课文或抄课文，哪怕是名作。当我和美国朋友谈起中国学生需要背诗、背课文时，他们都觉得很奇怪，问这是为什么？要达到什么目的？我解释说因为这些是名作，所以要背熟，这样才能知道什么是优秀的作品。他们又问，那你背了以后有更深的理解吗？回想起来，很多美国名作我的确没有像小时候背唐诗那样倒背如流、一字不漏，但是它们的深刻意义我是记得的。

在培养创造力和想象力方面，除了美术课，学校里还有专门让学生思考如何解决问题的训练。每天午饭后一个小时，大家都坐在书架前的地毯上，听老师讲故事。老师每个礼拜读一本书，故事不长，分五天时间读完。为什么呢？因为老师每天只读 30 分钟，而且都是让同学们提心吊胆的故事，总是要猜想下一步会怎么样，主人公到底怎样渡过难关，等等。老师读完 30 分钟，再和大家讨论 30 分钟。

给我印象最深的是四年级时，我们开始学习美国土著印第安人的历史知识。大约从公元 1400 年起，欧洲新移民开始开发美洲大陆。当时，他们用非常暴力和残忍的手段占领了印第安人的部落，许多无辜的印第安人被残杀。当然，也有无辜的欧洲移民被愤怒的印第安人杀害。印第安人和新移民的战争，是美国历史中很重要的一部分。

当时老师读的一个故事给我留下了深刻的印象。故事的主角是一个 12 岁的印第安男孩，他和家人住的村庄被欧洲移民发现了，他需要保护弟弟妹妹和父母，一家人一起躲躲藏藏，有很多惊险的情节。同学们都专注地听老师感情充沛地朗读。快到最惊险的时候，比如主人公被困在了一个四周着火的地方，老师就会暂停，大家虽然已经习惯了，但还是会发出扫兴的声音。老师问："大家想想，他应该用什么办法逃脱？周围有什么工具可以用吗？"同学们有的皱着眉头思考，有的迫不及待地举手发言；有的异想天开，有的很有逻辑。有一位同学说，上个礼拜，学校教过我们家里着火时应该怎么办，其中一个办法是把被子或外衣打湿，披在头上，盖住上身，然后趴在地上往外爬，这样可以躲过往上冒的烟。有几位同学觉得这个办法不错，我也点头表示赞同。老师又问别的同学怎么看待这位同学的想法。大家开始七嘴八舌地评论，找出这个方案不妥的地方。有些同学指出，周围没有外衣和被子该怎么办？就有人回答，印第安人有晒干的水牛皮，牛皮可能也可以打湿。接着有几个捣乱的同学起哄，说这些都是傻主意。老师插话说："每个人都可以有自己的想法，不可以说别人的想法傻。"在老师的鼓励下，同学们纷纷踊跃发言。最后，老师引导大家，集体讨论出一个解决方案。老师说，每一个人的想法就像彩虹的一个颜色，单个的颜色虽然好看，但是没有所有颜色拼起来更好看。说实话，现在回想那个故事其实已经记不清细节，但是它的意义——大家各抒己见最重要，故事可以有多种"听"法，等等——我一直牢记在心。

谦　虚

搬到长岛读四年级不久，数学课的主题变成基础个人理财，其中包括了解股市，学习股市常识。我和所有同学一样，对股市一点儿概念也没有，毕竟大家只有九岁或十岁，除了知道“股市”的存在以外什么都不懂。老师的教学方法是用简单的模拟游戏来帮大家建立对股市的基本认识：四个同学一组，每组有一千美元“投资费用”，老师教大家怎样在报纸上查看当天股价，计算可以买进多少股、利润多少。同学们听得似懂非懂，只知道反正需要计算。大家比较感兴趣的是可以买自己喜欢的公司或品牌，比如迪士尼、耐克，玩具和汽车公司也都是热门的选择。老师宣布游戏是比赛形式，长达几个礼拜，每个礼拜利润最高的小组会赢得一个比萨派对，意思是某天午餐时这个小组可以吃比萨，和其他同学不一样，于是大家都鼓足了干劲儿。

就这样，每天上午第一节课是数学，大家会花30多分钟看报纸，七嘴八舌地发表意见，和小组成员讨论买进还是卖出。我的小组挑了几家公司，包括迪士尼、麦当劳和制造芭比娃娃的玩具公司。当时不像现在，可以很方便地获取网络信息。我们没有什么依据，也没做什么调查，只是随便猜测股票每天的价格是升还是降，仍然觉得很好玩。本来做数学题是很枯燥的事，但是每天看报纸上变动的股票价格，计算自己的小组是挣钱还是亏钱，大家都认为很有意思。因为我的计算能力不错，便在小组里负责每天的换算。每次算出我们赚了钱，大家就都很开心。比赛的第三个礼拜，我的小组得了第一，我们非常兴奋，迫不及待地等着吃比萨。

每周，老师都会让胜利的小组选出一位大家认为表现最优秀的成员，评判标准是为小组做出了比别人多的贡献，或者是愿意帮助别人。小组里的每位成员都可以投一票，但是不能投自己。老师会在午餐以前，让每位同学当着全班说出自己推举的人为什么值得表扬，这是为了鼓励同学之间互相帮助，培养团体精神，并锻炼当众发言的能力。

我们小组首先发言的是一个金发碧眼的男孩子，名字是布莱恩（Brian）。他平时在班里算是坐不住的那种，很淘气，但是玩股市游戏时对查看股价特别感兴趣，每次都抢着看报纸。布莱恩站在全班面前一点儿也不紧张，老师问他觉得我们小组谁最值得表扬和感谢，为我们赢得第一做出了最大贡献，布莱恩毫不犹豫地指着我，说："我选她！"我当时非常吃惊，也很高兴。那时我刚到新学校不久，还没适应环境，而且觉得自己与同学们格格不入，毕竟全班十几个同学中只有我一个人是黄皮肤的，甚至整个年级也只有我一个算是"外国人"。第一次得到美国同学的赞赏让我感觉自己终于成为集体的一分子了。布莱恩说我每次都负责组里的计算，因为大家都不喜欢计算，他感觉我在帮助大家。老师说他说得很好，谢谢他，也谢谢我。大家都冲着我鼓掌，令我有点儿不好意思。

第二个发言的是一位棕头发、绿眼睛、满脸雀斑的女同学，名字是林赛（Lindsey）。我非常崇拜林赛，因为她是典型的"完美"型美国女孩，不仅长得可爱，而且对人友善，学习好，体育棒，穿着打扮也很酷，男孩女孩都乐意跟她在一起，老师们也喜欢她。她虽然只是小小年纪，但在学校里非常有人缘，有一定的影响力。在美国的学校里，人缘（popularity）是非常重要的，尤其是对女孩子而言。成为一个有人缘的人几乎是所有同学的目标。达到这个目标并不容易，我当时觉得可能得成为林赛的翻版才行。林赛站到全班面前，不等老师问，就主动说："我也选择艾米（Amy）!"然后她看着我说："因为你数学很好，而且愿意帮助大家做算术。我不会算的时候你还教我怎么算，你很愿意帮助别人。"我站在旁边，心在扑通扑通乱跳，不敢相信学校里的巨星竟然选择了我！我觉得自己的人缘指数升了好几倍，简直就像一支很有潜力的股票！只是我更不好意思了，甚至开始有点儿紧张。我看着林赛，双手举在空中摆了摆，就像说"再见"那样，然后对她说"It's ok，it's ok !"（最接近的意思是"没什么的"，但是基本用于答复别人的致谢，而不是表示对别人夸奖的谦虚）。我想表达中国的"哪里哪里"之类的谦虚话，但在英文里没有类似含义的词。

下一个轮到我了，我不知道该说什么，站在同学们面前讲话也很紧张，尤其当时我的英文还有口音。说实话，我根本不记得自己说了什么，脑子一片空白，只记得我选了林赛，因为她人很和善，跟大家都相处得很好。说完后，林赛对我笑着说了谢谢。

最后一位同学也是一个男孩子，名字是杰克（Jack），是班里的体育小明星。他学习一般，但体育项目门门拿手，篮球、足球、冰球、游泳、跑步都很厉害，同样得到男女同学的赞赏。杰克也站到全班面前，说他也选我。我都快乐疯了，涨红了脸，觉得自己成了明星。同学们都看着我。老师朝我走过来，鼓着掌，对我说："做得好！"当时我的思维方式完全是中国式的，我怕老师说我不谦虚，所以不停地说："不，不。"老师觉得很奇怪，问我为什么要否认别人的夸奖。我跟老师说不只是我，大家都相互帮助，我没有比别人更好。老师看着我皱了皱眉头，显然不明白我是什么意思。

午饭时间到了，同学们都拿出自己从家里带的饭盒开始吃午餐，我的小组也开始吃比萨了。老师把我叫到教室后面的一个角落，小声问我为什么一直说“不”，并告诉我这样很没有礼貌，因为这样说就等于否认别人对我的赞赏，或者不想让别人发表看法。我很苦恼，向老师解释我是不好意思大家都说我好。老师终于明白了，她告诉我不需要那么“modest”，我问她这个词是什么意思，她说你现在这样就是modest（后来我回家查字典，才知道是“谦虚”的意思）。老师说谦虚是好的，但如果别人夸奖我，也没有必要否定别人的夸奖或者说别人也很好，因为大家想夸奖的是我，如果想夸奖别人，就一定也会提到别人。这个时候我就应该说“谢谢”，不需要再推脱。我说我明白了。老师看着我笑了笑，又说了一次“做得好！”这次我点点头，说了声“谢谢”。老师笑着说我可以去吃比萨了。我想，因为班上只有我一个亚裔学生，而且刚从中国来不久，老师一定没有想到会有文化上的不同。其实，年幼的我对此事也很诧异，也没有完全理解美国人对谦虚的看法。

长大后，我发现，在职场上，“谦虚”会成为不少亚裔员工的“绊脚石”。比如面试或申请提升时，面试官或上级往往会问员工有哪些出色的成绩，可亚裔员工往往不习惯说自己的成就，他们会觉得这是在吹嘘自己，是不谦虚的，所以总是谈论团队或他人的帮助，很少归功于自己。但是美国人在这方面根本没有任何犹豫，如果成绩是自己的，就会直接说出来。我从小就体会到，在美国，谦虚的表现就是对别人的夸奖和认可说“谢谢”，该给别人归功的时候就给，该给自己时也不要小气。给大家一个平等对待所有人和事的态度，包括对自己的评价，同样也是谦虚的一种表现。

服从长辈

渐渐的，我也开始和同学们有了课外的交往。有一位叫路易莎（Louisa）的女同学请我放学后去她家玩，并在她家吃晚饭。她们家是早期意大利移民，开了一家有名的意大利餐馆。路易莎的妈妈和学校里很多同学的妈妈一样是全职太太，在家里做家务看孩子。路易莎有一个妹妹，比她小几岁，像个小跟屁虫似的围着我们转。作为独生子女的我觉得很新鲜，因为我不知道有兄弟姐妹是什么感觉，可路易莎特别烦她的妹妹，总想躲开她，所以大部分时间，我们都关着门待在她的房间里。

我特别羡慕路易莎自己的房间里还有电视！过了一会儿，她的妈妈敲门问能不能进来，我觉得很稀罕，因为我的妈妈进我房间时不但不会敲门，还会问我为什么关着门。我担心路易莎的妈妈看到我们在看电视会不高兴，可她只是很和气地问我们饿不饿，然后问路易莎有没有记住她们的约定。路易莎回答记住了，她妈妈就离开了。路易莎告诉我，她和妈妈的约定是晚饭前必须做完作业，但是在看电视之前还是之后做作业由她自己决定。有时妈妈抽查，如果吃饭时作业没有做完，那就一个礼拜不可以看电视。我听了又感到很惊奇。在我们家，如果妈妈看到我没做作业就看电视，一定会喋喋不休，而且会好几天不停地念叨这件事。从这一点来看，我觉得美国妈妈似乎更放松，给孩子的空间也更多。

开饭前 15 分钟左右，路易莎的妈妈又上来敲门，告诉我们做饭前准备。于是我和路易莎下楼到餐厅去。路易莎跟我说以前她和妹妹都要磨蹭很久才下楼吃饭，需要妈妈叫好几次。后来有一次，她们坐下等了半个小时，妈妈都没开饭。路易莎跑去厨房问妈妈饭为什么没有做好，妈妈跟她们说其实早就做好了，但是她在看电视，觉得让她们等等也没什么。路易莎说妈妈那样不对，是浪费她的时间，她本可以写功课或看电视的，而且她和妹妹都很饿。对此，妈妈的回答是："你们总让我等你们吃饭，我也饿，我也想看电视呀。"最后她和妈妈讨论的结果就是如果她们拖延时间，那妈妈也可以，所以最好不要磨蹭，不然就会饿肚子。我没想到孩子还可以这样和大人讨价还价，要知道，这是中国家长最不能容忍的。饭前准备时，路易莎负责摆盘子和菜，妹妹负责摆刀叉、杯子等。盘子摆在中间，叉子和餐巾纸摆在盘子左边，刀和甜品勺摆在右边，刀刃冲着盘子，水杯摆在盘子的

右上方。这是最基本的西餐餐具摆法，一般家庭都是如此。

路易莎的妹妹摆得不对，路易莎向妈妈告状。妈妈从厨房里喊，摆桌子是路易莎的任务，妹妹是路易莎的帮手，帮手做得不对是路易莎的责任，应该由她指导。在我的印象中，中国孩子做家务的机会很少，尤其是如果家里有保姆或阿姨照顾。到了美国以后，我也很少帮妈妈做家务，总觉得那是种惩罚。其实，在美国，就算妈妈是全职主妇，孩子们也要帮着做些家务，哪怕是最简单的摆桌子也可以，这是作为家庭成员的最基本的要求。

这时，路易莎的爸爸回来了，见了我像对待成年人一样，和我握了握手，自我介绍叫斯蒂芬（Stephen）。我说："您好，斯蒂芬先生！"他笑了笑，说叫他斯蒂芬就可以了。在称呼方面，我很久都不能适应小孩直接叫大人的名字，总觉得这样很不礼貌，但这就是美国人的习惯。在中国叫惯的叔叔阿姨，到了美国却完全没有这个概念。如果你为了尊敬对方而叫人家 Auntie（阿姨）或 Uncle（叔叔），美国人会觉得非常奇怪，因为只有亲戚之间才会这样称呼。

路易莎的爷爷奶奶住在附近，离路易莎家开车不过十几分钟，但是路易莎每一两个月才见他们一次。美国的老人很少参与孩子的生活，基本上各过各的，彼此间的来往不像中国家庭那样频繁。路易莎的爷爷奶奶晚上也来一起吃饭，他们的样子就像电视里和蔼的外国老人一样，满脸皱纹，一头银发。路易莎的爷爷很有风度，穿着休闲西装外套配灯芯绒裤子，还打了领带。美国很多老人仍旧保持 20 世纪 50 年代的穿衣风格，比年轻一代更讲究一些。见到我，他们像路易莎的爸爸一样和我握手，介绍自己。路易莎的爷爷说他也叫斯蒂芬（在美国，几代名字一样很普遍，比如斯蒂芬一世、斯蒂芬二世，等等）。他说我可以叫他斯蒂芬一世（Stephen Senior），后来又笑着说这太啰唆了，还是称他为卡卡沃先生（Mr. Caccavo）吧。

我们大家都在饭桌边坐好了，路易莎的妈妈还在厨房里忙，于是我们就在座位上等着。路易莎看我不明白为什么不吃，就解释道："我们要等妈妈忙完了，所有的人都坐下，才可以吃。"路易莎的妈妈出来坐下以后，大家开始吃饭。这也是中美两国餐桌礼仪不太一样的地方。在中国，因为菜是一道一道上的，而大家又认为菜要趁热吃，所以有时做饭的人还在厨房里忙乎，其他人就已经开始吃了，这并不是什么大问题。但在美国，等所有的人都坐齐了再上菜或开始吃才是符合礼仪的。在餐馆里也是如此，西餐是一人一份的，不像中餐的菜是一道道上，大家共享，所以在西餐礼节里，等到所有人点的菜都上了桌，大家才可以开始吃。

路易莎的妈妈准备了生菜西红柿沙拉、意大利面、烤鸡胸肉配奶酪，还有土豆泥，看起来都很简单，但是我非常感兴趣，因为这是我第一次在美国同学家吃饭。美国家庭的饭桌一般是长方形的，桌上摆满了菜，坐在两头的人（一般是家里的男主人和女主人）往往有很多菜够不着，所以西餐习惯把菜盘子端起来，传给需要的人，然后再传回来。一顿饭开始的头五分钟，都是大家在传递菜盘子。

大家传菜时，路易莎的爷爷问路易莎学校怎么样。路易莎回答得有声有色，和爷爷讨论自己在学校里学到了什么。爷爷又问路易莎的爸爸工作怎样，爸爸回答最近总需要出差，去参观一些为餐馆提供蔬菜的菜场之类的地方。这时，路易莎就说“我不喜欢爸爸总是出差”。我觉得很诧异，因为在中国这就叫“大人说话小孩瞎插嘴”。我觉得路易莎很没有礼貌，可是全桌除了我以外，好像没有人觉得她这样做有什么问题。路易莎的爷爷问她为什么这样想，路易莎说因为不能每天看见爸爸，而且爸爸可以教她做数学作业，爸爸不在的话，她有时会很吃力。路易莎的爷爷笑了，说下次爸爸不在，爷爷可以来教她。整个晚上的谈话是一家人都参与的，话题有时严肃，有时轻松。路易莎和她的妹妹可以就任何问题发表自己的意见，哪怕和爷爷奶奶看法不同，爸爸妈妈也不会说她们乱说话，不礼貌。美国文化中，对他人的尊敬和礼貌是平等的，基本上没有长幼之别。显然，路易莎和妹妹都非常习惯和长辈坐在一起交谈，不会因为有长辈在，就觉得有什么是不能说或不应该插嘴的。

路易莎的家人还时不时问我一些问题，但我不太习惯一边吃饭一边聊天，尤其是有长辈在场，更何况当时我只有 10 岁。不过，美国的家庭文化和教育培养就是这样的，如果因为有长辈在就无法坦诚交流，不敢说话或正面回答问题，那才会被误解为不礼貌。后来我去过很多美国朋友的家里，发现家家都是如此，这是让很多亚裔不习惯的一点。职场上也是如此，上级开会或讨论工作时，美国人不会因为自己和上级的看法不一样而不发言，如果觉得自己的想法是对的或值得一提，反而更会畅所欲言。作为上级的美国人也没有“尊卑之分”的观念，一般都会听一听下属有什么建议，哪怕不同意，也很少会因为“这个人是下属”而否定他的看法。这种和任何级别的人都可以交流的本事，美国人在小时候的饭桌上就开始“训练”了。

六年级至七年级（11 ~ 12 岁，1992 ~ 1993 年）：南本德

在长岛读完五年级以后，因为父母工作的原因，我们又要搬家。这次我们离开美国东部，搬到了中部。印第安纳州（Indiana）是非常典型的美国中部，飞机上和开车在高速公路上看到的一样，到处都是一望无际的玉米地。南本德（South Bend）算是印第安纳州工业比较强的一座城市，人口大概 70 万左右。比较有名的公司，如美国拜耳（Bayer Corporation）和霍尼韦尔（Honeywell Corporation）当时都在

南本德有分公司。著名的圣母大学（Notre Dame University）也给南本德带来一些朝气。这是一所体育方面非常强的大学，在一年一度的大学橄榄球比赛中是名列前茅的。除此之外，这座城市没有太多特点，人们的生活都简单而随意。

又到了开学的第一天，虽然我已经习惯了很多的“第一天”，但还是免不了有些紧张。我的脑子里充满了疑问和好奇：中部的美国同学有什么不一样吗？他们和东部同学的爱好一样吗？聊什么话题？喜欢什么课外活动和电视节目？他们都是白人吗？我会不会又是班里唯一的亚裔学生？同学们是不是又要对我提各式各样奇怪的问题？当时我在美国生活四五年了，已经掌握了英文，但是因为肤色和别人不一样，总还是会有很多同学好奇地问各种问题，比如为什么我的头发那么直？为什么我的眼睛那么小，我能看见吗？为什么我要从中国来到美国？为什么我和父母要说中文……虽然很多问题现在想起来很好笑，而且同学们的问题大多出于好奇，不见得有什么恶意或贬义，但是我对于自己和别人的明显不同总有一种不安，很敏感，毕竟每个孩子都希望同伴能够接纳自己。每一次换一所学校，结识新的朋友，我都像亲善大使一样，一一解答同学们对中国、中国文化和中国人的种种好奇和疑问。尤其当时我们居住的地区几乎都是白人，很少有其他亚裔或华裔学生。优势是我可以迅速而直接地介入传统的美国文化和语言应用，负面的就是感觉自己没有“同类”，需要独自承担作为唯一一个亚裔孩子的压力。所以尽管我适应了常常换环境，但心里还是不安的。

在美国，从六年级至八年级是中学。我踏进的不仅仅是又一个新的校园，同时也要开始适应中学生的生活。孩子的天性在中美两国没什么不同，比如美国学校里五年级的学生，虽然还是小学生，但自以为比低年级的孩子个子高、本领大，可以在学校里称霸了，就像中国小学六年级的孩子一样。到了中学，我又变成小不点儿了，不免担心受到高年级同学，特别是男同学的欺负。我六年级班里的孩子个头参差不齐，有的像豆芽菜，就容易受欺负；有的非常高大，大家就有些崇拜和害怕。班里的同学都是典型和传统的美国白人，几乎全部黄头发蓝眼睛，不像在东部，同学们的头发和皮肤颜色都有些不同。美国的东西部早期移民来自欧洲的不同地区，而所谓的“中间的美国”（Middle America），尤其是印第安纳州，最多的移民来自西欧，比如德国，大多数人信仰传统的基督教。过了几个礼拜适应期以后，我发现中部的美国人比东部的美国人更热情、友好，生活上更简单，穿着更随意，家里的摆设和规矩都没有东部多。这没什么稀奇的，就像在中国，在北上广这样的一线城市生活和在其他城市生活的标准和习惯也会略有不同。

成绩与诚实

转过多次学以后，我发现了一个融入的窍门，那就是一定要让自己有大家都认可但是又与众不同的特点。我想，其实全世界孩子的共同点就是羡慕其他同学有而自己没有的东西，比如最新潮的衣服和鞋子，最时髦的书包、手机，等等。或者是羡慕学习好的同学，谁谁谁哪个科目很拔尖儿，自己却一般般。自从到了美国以后，数学方面我一直表现不错。虽然成绩并没有比其他同学高出多少，但基本上觉得小学的数学很容易。到了新的学校后，我非常引人注目的就是数学老师出的题目很快就能做好，考试分数也高。美国学生不像中国学生那样把学习放在第一位，但如果班里有同学学习拔尖，他们也是非常欣赏的，也会有个别喜欢学习的同学和我交流怎样做题。慢慢的，我在年级里的名声就是数学好，我也因此觉得很自豪。

几个月以后，有一次数学考试。在美国，有时课堂考试的形式是非常松散的，采用的是一种“信誉制度”（honor system）。学生可以自己评判作业和考卷，也可以相互交换判分，不一定非要老师批改。这种制度是建立在老师对学生信任的基础之上的，也锻炼学生自己建立信任和信誉的能力。美国社会十分看重个人诚信，大家会有一个基本的观念：如果你作弊，将来吃亏的是你自己；你应该自己承担这个责任，没有任何监督可以取代个人的道德约束。

那次考试和往常几次一样，考完以后大家从后往前传卷子。通常老师宣布时间到了时，还有很多同学忙着写答案，不收笔，所以经常会看到同学们左手伸过肩膀去接后面传上来的考卷，同时又目不转睛地用右手继续做题。刚开始我想，考试这么松散，作弊也太容易了，但是我从来都没发现有谁作弊。看到有人不停止答题，老师也就呵斥两句，再次催促大家赶快停笔，把卷子往前传。

我接过后面传上来的考卷时，右手也正在完成最后的几笔。我的眼睛扫到后面同学一道题的答案和我不一样，脑子一转，脸立即开始发热，意识到自己把题做错了。当时我的心“咯噔”沉了一下，因为我本以为可以拿到满分呢，如果因为做错这一道题而拿不到满分就太可惜了。在右手还没有提起笔的瞬间，我心里便已经鬼使神差地打定了主意。我迅速地划了两笔，把错误的答案划掉，写上正确的答案。这一切不过发生在几秒之内，但我觉得时间都停止了。在那一瞬间，我完全忘了这种做法的对错，只是关注答案的对错。我离满分太近了，如果因为这一个小小的疏忽而没有得到满分，那简直太荒谬了。短短的几秒钟，我想的全都是得不到满分有多么可惜，我会多么后悔。改完后，我抬起头，发现我前面的同学正回头看着我。也许我耽误的时间长了，她转过头看我是怎么回事。她看见了吗？我不敢确认。我非常紧张，冲她笑了笑，她也抿嘴笑了一下，似乎没有发觉什么。我一边整理手里的几张卷子，一边看了看左边和右边的同学，他们都忙于传卷子，没有人注意到我。我把卷子传给前面的同学，然后我们继续上课，好像什么都没有发生，我也很快就忘掉了这件事。

下课后，我正在整理书本，突然看到坐在我前面的同学走到老师桌子前面，拿出自己的本子，不知跟老师说些什么。我开始紧张了：她看到我了吗？她在告诉老师？我观察了几分钟，觉得她应该是在请教老师一道题。我开始和其他同学聊天说笑，一起朝教室外面走。刚走到门口，老师就叫了我的名字。我回头看了看老师，发现坐在我前面的同学已经走了，我想可能没事了，老师叫我是有别的事情。大家都离开教室了，只剩下我和老师。老师让我坐下，我坐在老师桌子前面的一张书桌后面，老师靠在她的桌子前面。老师问我：“艾米，我问你，交卷子的时候，你有没有看后面同学的答案然后改了自己的？”老师问得很直接，但是口气很平和，听上去不像指控我，而只是在了解一个问题。我听到一个个字蹦出来，直到听完整个问题之前都不敢相信我被逮住了。我被逮住了吗？老师知道了吗？同学告我的状了吗？老师没有生气也没有直说是我呀。也许她只是猜测，并不确定。“我没有。”我回答。我眼睛直直地看着老师，心想直视老师可能会让她觉得我没有说谎。如果我不承认，就等于没有发生；如果没有人亲眼看到，就不算。或许那个同学也没有看到，只是怀疑而已。我可以否认，我可以说她看错了……我的脑子里开始胡思乱想，不停地为自己找借口，不愿承认事实。“你确定吗？”老师又问了我一句。“嗯。”我回答，没有再说更多的。“好吧，你可以走了。”老师微笑一下，挥了挥手。我站起来，开始往教室门口走，却一直觉得老师的目光始终凝视着我的后背，仿佛在我的背上钻了孔。

到家以后，我不停地想要不要跟妈妈说这件事。我并不想告诉她，因为我的心里还在狡辩，觉得不说就是没有发生，但又担心万一老师找妈妈谈话，就更糟糕了。同时，我心里非常不安，好像挑着沉重的担子，感觉说出来会轻松一点儿。我不知道妈妈会不会因为我做错了题或是我作弊撒谎而生气。想了半天，我还是决定把这件事告诉妈妈，但我并没有说具体经过，只是告诉她老师找我问话，问我交卷子的时候有没有偷看后面同学的答案。妈妈也没有追问我细节，只是对我说：“在一个讲信誉的地方，诚实比分数更重要。”

第二天，我犹豫再三，还是决定向老师坦白。虽然我拿不到满分，不能拿成绩来炫耀，但若不说实话，心里总是感到不安，更担心万一同学们知道我作弊，就不会再喜欢我了，得再高的分也没用。到了上数学课时，我提前来到了教室。美国的中学里，学生要到不同的教室上课，数学课到数学教室，英文课到英文教室，所以短短的几分钟课间时间，同学们都忙着换教室。那天我赶在别的同学前面到了数学教室，老师正坐在办公桌后改作业。我对老师说打扰一下，老师抬头看着我，微笑着说可以。我张嘴就对老师说，昨天我是看了后面同学的答案然后改了自己的答案，真对不起。老师站起来，给了我一个拥抱。我难过地哭了。老师对我说，谢谢我有勇气告诉她真相。我问老师，是不是坐在我前面的同学告诉了她，那位同学一定生我的气了，我想跟她说对不起。老师说，是不是前面的同学说的并不重要，我向她道歉也不重要，因为作弊是我个人的事，跟别人没有关系。承担作弊后果的也是我自己，毕竟成功有很多种，而真正的成功是无法靠作弊取得的。老师告诉我不要难过，她很高兴我做了诚实的选择。

上课铃响了，同学们纷纷坐到座位上。有些课没有固定座位，可能每次上课大家都坐不同的位子。上次坐在我前面的同学这次没有坐在我前面，而是坐在我的左前方。她转头看了看我，没有什么表情。我想也许她生我的气了，因为我作弊了，她甚至可能会告诉别的同学这件事。我有些为自己的名声担心，但与此同时却又感觉如释重负。后来，什么事情都没有发生：老师没有再和我提起这件事，也没有通知家长；妈妈没有接到过老师的电话；我也没有听到其他同学议论什么。坐在我前面的同学时不时还是会坐在我前面，有时我们会说几句话，讨论一下作业，一切都很平常。

现在回想起来，一个年级那么多同学，大家都传卷子，我相信当时作弊的肯定不止我一个人。不过，我从来没有听说过这样的事情，同学们没有说过，老师也没有公开提过。从来没有老师向全班宣布谁有作弊行为，作弊者会得到怎样的处罚，等等。我想，在发生作弊的情况下，老师和同学们的处理方法就像对待我一样，都认为这是私人问题，不可宣扬。也许正因为这样，同学们才更敢于承认错误，因为孩子也是需要面子的，不能够公开羞辱。

通过这件事，我意识到诚实和信誉的重要性，而且工作以后也发现，脱离学校环境以后，分数并不重要。一个人的成功是多方面的，在职场或家庭生活中，确实不是事事都可以用作弊来解决的。同时我也意识到，碰到类似问题应该直接面对，要尊重个人隐私，不需要张扬。

第三章

在北京的“美国人”（中学—中国）

我是在小学一年级来到美国的，从四年级开始，父母坚持让我每年暑假都回中国过。

第一，父母一直都觉得我绝对不能和中文、中国文化脱轨。我的父母也一直犹豫是不是要回国工作，出于这个考虑，他们一定要确保我的中文水平可以胜任在中国上学和生活。当时还是孩子的我能感觉到他们对我的这种严格的要求和标准。有很多像我一样移民到美国的中国孩子，因为家里希望他们尽快学会英文，融入美国社会，所以都放弃了家庭中文教育和回国探亲，结果他们很快就与中文和中国文化脱离了关系。我其实非常羡慕这些孩子，他们每天回到家里不用做自己妈妈布置的中文作业，做完学校的作业以后就可以玩耍、看电视，而我晚饭以后还要写作文、背唐诗，甚至连周末也不例外，真是苦恼得不行。

第二，当时我父亲在北京工作，我在北京过暑假是有人监督的。我也有很多家人在北京，包括祖父祖母，所以父母也一直坚持给我提供机会回家探亲。每年夏天回到北京就可以充分运用中文，这对我平常坚持学习中文来说是很大的动力。我有一个比我大三岁的表姐，她一直住在北京，我回北京以后就可以跟表姐和她的朋友们一起玩，不会觉得孤单。有一些移民到美国的中国朋友，当他们逐渐忘记中文后，假期回国对他们来说就变得没有意义。不能和亲人交流，建立不了朋友圈，自然觉得无趣和被动。从这方面来讲，每年夏天对我来说都是前一年在美国坚持学习中文的奖励，所以我迫不及待地回北京过暑假，和我在北京的朋友一起玩。虽然我的美国同学每年夏天都有机会一起参加夏令营，增进友情，而我因为回北京都错过了，但我从来没有因此而后悔过，反而觉得在北京过夏天比在美国精彩。

第三，父母会利用暑假的机会督促我在北京继续学习中文，毕竟在中国学习中文比在美国容易。虽然我有很多机会跟表姐一起说中文，但父母仍然给我请来老师，在家上中文课。我对上课并不介意，因为表姐和她的朋友们也有暑假作业，所以大家一起学习、一起玩，反而更有意思。

在美国上完七年级（初中二年级）以后的暑假，和往年一样，我又回了北京。不过，到了8月份，暑假快结束的时候，父母告诉我他们决定让我留在北京读书，也没有具体说在北京待多久。

父母开始为我联系学校。当时像我这样情况的孩子基本上只有两种选择：可以接收“外国孩子”的北京中学，比如景山学校，要么就是国际学校。20世纪90年代初，北京只有一两所英文体系的国际学校——比如北京国际学校，选择不多而且很贵。父母考虑，如果我上一所中国教育体系内的中学，尤其是像景山学校这样学生成绩十分出色的学校，我不一定能适应，毕竟我的中文水平没那么好，而且我多年生活在国外，还是会跟同学们有些隔阂，在自己的祖国再次做“外国人”一定不好受。可是如果上讲英文的国际学校，回中国上学又有什么意义呢？国际学校设立的目的是为在中国生活的外国孩子提供一个继续在本国教育体系中学习的环境，以便他们回到自己的国家以后可以无缝对接。这显然并不是父母想让我在中国读书的目的。

经过多方面的打听和了解，父母终于决定让我上北京第五十五中学的外国学生部。五十五中是北京市重点中学，有专门的“外国学生部”，它的特点是用中文和中国的教材教外国孩子。所有的科目，包括数理化、美术、体育，全部都是用中文授课，老师也都是中国老师。从五十五中毕业的外国学生，中文要比其他国际学校的毕业生好很多，很多毕业生也考上了清华、北大等名校。在这里，我可以和世界各国的孩子一起学习中文，这样既达到了父母让我学习中文的目的，也解决了他们对于我在文化和社交方面融入的担心。当时我没有想太多，只是觉得又要换学校了，这没什么稀奇，我已经习以为常了。

不过，从开学第一天开始，我就感觉到这所学校和美国的学校太不一样了。用中文教学自然不用提了，最特别的是学生们共同营造的校园氛围。我的同桌是一个来自当时的南斯拉夫的女孩，一口流利的北京腔，中文比我还厉害。坐在我前面的黑人男生来自扎伊尔，中文也非常好。他和南斯拉夫的女生，还有坐在他旁边的保加利亚女生，三个人用中文有说有笑。坐在我后面的是一个安静的朝鲜男生，自己低头读中文课本。他的同桌是一位韩国男同学，忙着和其他韩国同学用韩文聊天。这是全世界都很难找到的"乌托邦"的一幕。这种独特的经验不是随便在哪一所学校就可以体会到的。环境对人的塑造作用是独特的。我在美国上过那么多所学校，就算碰到像我一样的外国学生，只要不是美国学生，总会感觉自己是属于"少数人群"的。不管在哪个国家，如果你是外国人，如果你属于少数人群，感觉是非常不一样的。而在五十五中，我的第一感觉就是全世界的同学，无论何种国籍、肤色、宗教信仰，都是平等的，因为"不一样”不是少数人经历的，而是大家的共同点。现在回想起来，这种感觉是非常宝贵的，正是如今整个世界都需要的“全球视野”。

当时也认识了在北京的一些国际学校的学生，我发现，就算一所学校大部分是本国学生，比如英国学校大部分是英国孩子，日本学校基本是日本孩子，大家也都非常清楚自己是在中国，是在异国他乡。孩子们的思想，包括他们父母的思想，都跟在自己本国的人很不一样。毕竟，不是那么多人都可以有机会、条件和意愿举家到国外生活。当时我有两个很要好的美国朋友，一个朋友的父亲是《纽约时报》驻北京的记者，另一个朋友的父亲是物理学家，在中国做学术交流。这两位同学和我在美国的朋友太不一样了，因为她们在国外长大，看到的和体验到的都跟从来没有离开过美国的美国孩子完全不同，正如一个一直在中国生活的孩子和像我这样在外国生活过的中国孩子也有很大差别一样。所以，生活在外国的美国孩子和在美国长大、接受传统美国教育的孩子很可能没有多少共同点，哪怕他们从国籍上来讲都是美国人。

在美国没有“国际学校”。任何一个孩子在美国都可以上任何一所美国学校，无论公立私立，并不需要是公民或永久居留者。也许有些学校由于地理位置和条件，可能外国学生占的比例高一些，但并没有国际学校的概念。而其他国家，比如中国，一般非本国公民的孩子不能上当地的学校，所以才会有“国际学校”。

在“国际学校”体系里长大的孩子，国籍观念比种族观念强。在美国，因为大家国籍都是美国，所以种族观念更突出：白人、黑人、亚裔、西班牙裔，等等。白人有时会被称为高加索人（Caucasian），或更普遍的就是“白”（white）。没有人说“欧裔美国人”，虽然大部分白人的祖先来自欧洲。黑人一般被称为非洲裔美国人（African American）或“黑”（Black）。像我一样的中国人或华裔，普遍的称呼为华裔美国人（Chinese American）或亚裔美国人（Asian American），意思是祖籍为亚洲。我在美国生活多年，住过的地方亚裔都非常少。在费城住时黑人很多，到了纽约长岛和印第安纳州都是白人。再加上我毕竟是在中国出生的，而非“生在美国的华裔”（American Born Chinese，简称“A B C”），所以我一直认为自己是中国人。没想到，到了五十五中的国际体系，每位同学都代表自己的国籍或长期居住的国家，因而我平生第一次被称为“美国人”，自己都觉得很有意思。参加五十五中学生运动会时，我就和其他几位美国同学一起代表美国。

在五十五中的国际大家庭里，我们吃的可谓是“国际餐”。中午同学们各自带饭，基本上都是自己国家的饭菜，但是大家经常坐在一起吃。有时我一顿饭可以同时吃到韩国料理、日本寿司，还有其他国家的饭菜。这在美国是很难碰到的，因为一般美国孩子带的午饭就是三明治，如果有人带别的食物是非常引人注目的，大家都会觉得很稀奇。四年级时，妈妈有一次给我准备了炒饭，我打开饭盒后，美国同学七嘴八舌地议论纷纷。经过那次以后，我就请妈妈以后也给我带三明治，虽然没有炒饭好吃，但我不愿意因为午饭而被同学们议论。

在五十五中，我们爱听的音乐也是没有国籍的，美国、韩国、欧洲流行的音乐都听，都跟着唱。喜爱的电影也是没有国籍的，只要是好看或好笑的电影，大家都爱看。反过来说，美国实际上是一个封闭的国家，非常保护本国的文化。虽然大量出口自己的文化产品，比如音乐和电影，却很少引进别国的文化产品，所以主流电影院和广播电台从来不会放外国的电影和音乐，不像在中国，经常可以到电影院看美国和其他国家的电影。也正因为如此，一般的美国人对美国以外的文化很少正面了解，除非目的就是要查阅国际新闻，否则在电视、电台和网络上都只注重国内的消息。虽然美国的影视作品可能会让人觉得美国人很开放，思想很前卫，但实际上美国人对外国信息、知识和文化的了解远不如外国人对美国的。所以，一个看过很多美国影视节目或文学作品的中国人来到美国，可能会发现美国并不那么“海纳百川”。

虽然美国是由来自世界各地的移民建立的，但美国文化督促其他文化渐渐融入，变成美国文化的一部分。仅以食品为例，来自意大利的比萨饼或德国的汉堡包都不源于美国，却被美国融合，成为招牌美国食品。美国的文化不只是吃喝穿用，它更是一种精神，一种心态和态度，是不罢休的能量和竞争力，是自信而又自豪的动力。美国是一个勇往直前的国家，其他文化到了美国会被这种气势吞没，而不会被强化。

长期住在中国的美国人是不一样的。在中国，外国人是少数，所以他们会关注主流文化，调整自己的思想和行为。我在五十五中时有一位美国朋友叫尼可（Nick），他的父母是研究环境保护学的，在北京交流工作。他有两个双胞胎弟弟，比我们小很多，当时在北京的芳草地小学上三年级。芳草地小学和五十五中一样，是一所接收外国孩子的学校，但是中国学生和外国学生接触的机会更多。尼可的两个弟弟看到中国小朋友玩，非常想加入。看到几个中国小朋友课间踢足球，他们也跃跃欲试，但他们的动作比中国孩子生猛，于是那几个中国小朋友就不愿意让他们参加，说不愿意和美国人玩。虽然尼可的两个弟弟也会说中文，但是因为发音不准，经常被其他小朋友嘲笑。他们的妈妈更可怜，因为担心自己的孩子不能被同学接纳，所以尽管不会说中文，也只能拉上两个儿子做翻译，想办法和老师交流。这就像一位中国妈妈带着孩子想融入美国社会一样不容易。老师给尼可妈妈的建议是让她的两个儿子不要那么鲁莽，应该注意其他孩子的感受，多给其他孩子机会控球，别太霸道。这就是中美文化不同的地方。虽然足球这类体育项目需要团队精神，但美国文化往往更鼓励个人奋斗，而这种不顾一切勇往直前的干劲儿在中国文化中有时就有可能被误解为不在乎他人感受，只管个人。后来，尼可的两个弟弟再踢足球的时候，就会更注意跟其他小朋友的配合，而不是只顾自己往前冲。

当时我还有两个美国朋友是姐妹俩，父母常年在中国工作，她俩从六岁和八岁开始就在中国生活，刚好跟我是倒过来的。她们说一口流利的中国话，如果不见真人，还真以为是地道的北京人在说话呢。她们精通中国文化，爱听相声，会唱黄梅戏，弹古筝，吹箫，包饺子，擀皮，和馅，比中国孩子还传统。她们家里每年春节的布置像圣诞节一样隆重，两个节日也都一样过。像这姐俩一样的外国人在中国不是少数。很多外国人在中国住久了，都尽量入乡随俗，调整自己更贴近中国文化。在中国的外国孩子很多都是这样的，他们的父母也一定是对中国或中国文化感兴趣才会把自己的家搬到中国来。相较而言，有这样“文化调整”心态的美国人在美国国内是非常少见的。

我知道，有些中国家长可能认为，只要在中国上国际学校，特别是美国学校，等孩子到美国留学时就不会有文化缝隙，可以直接接轨，其实不是这样的。虽然中国国内的国际学校可能在教学方面和美国相似，但是学生真正的文化体验还是通过同龄人进行的，而在中国生活的美国同学和在美国国内生活的美国同学是完全不一样的，这是我的亲身体会。

在北京上了两年学以后，我和几位美国同学纷纷离开了北京和五十五中，回到美国继续读高中。我回到美国以后进了公立学校，其他朋友有的进了私立学校，有的进了所谓的寄宿制贵族学校，但有一点是相同的，那就是回美国的头一年，大家都很不适应。

我们保持联系，经常交流，大家共同的感受是：大多数美国学生都没有在国外居住的经历，只有个别学生去过国外旅游，所以他们对美国以外的世界难以想象和理解。当时我和美国同学提起北京有麦当劳，他们甚至都不相信。一位五十五中的美国同学在中国住了五年，回到美国以后发现和同龄的美国人没有共同语言，感到非常苦恼。美国高中生的热门话题其实和世界上所有的高中生一样，也是流行服饰、音乐、电视节目、个人电子用品、体育项目等，但是因为每个国家流行的东西不一样，所以很难一开始就有共同语言。在这方面，我们得出的结论是我们需要恶补美国潮流，就像做人类学研究一样。

美国的高中生和大学生，除了学习以外，比较关注的三个方面是：

影视和音乐。我离开美国的两年，热门电视剧《老友记》(*Friends*) 正在美国播出。在美国整整火了两年以后，北京的国际学生圈里才传开这个节目的存在，而等我回到美国以后，已经播了快50集了。美国的高中生爱这部剧都爱疯了，理发店里成天有学生要求剪几位主角的发型。同学圈子里每天的话题都离不开《老友记》，30分钟的午饭时间，大家都在讨论剧情，我却一点儿也插不上嘴。我当时内心很纠结，一方面觉得，不就是个电视剧吗，有什么了不起，但另一方面又觉得自己像个局外人，被大家的话题排斥在外。刚回美国时，我把注意力几乎都放在学习上，没有太多时间看电视，但有时间的时候，因为非常想念中国，所以会和父母一起看中文节目。

我想，这是每个来美国上学的中国孩子都会经历的纠结：有学习以外的个人时间时，总是喜欢做自己喜欢的事，也就是读自己喜欢的书，看熟悉的节目，听熟悉的音乐。在北京时，我听的基本上都是外国流行音乐，比如大家都很喜欢的韩国和日本的流行音乐。也有一些美国的，但是等我回到美国以后，它们已经过时了。美国的一些电台一天 24 小时滚动播放流行榜的最佳 40 首（Top 40）曲子，听多了便觉得很烦，因为没有一支是我熟悉的，而且各式各样新的歌手和乐队层出不穷。我一个人时就喜欢听以前在北京上学时听的曲子，有时会有一种对新事物的抵触情绪，故意不听收音机里的音乐。我也试图向美国同学介绍这些音乐，但是美国以外的世界对他们来说太遥远了，他们根本不能理解为什么要听外国的音乐，对此也完全不感兴趣。每当我遇到美国同学不理解我的经历和处境时，就会尽量换位思考：如果一个美国高中生到了中国，和普通的中国高中生在一起，想把自己喜欢的美国流行音乐推荐给从来都只听中国流行音乐的中国孩子，一定也有困难。每当我这么想时，就不会再去责怪美国同学为什么这么排斥，而且会安慰自己：想要在美国学校里建立“国际学校”的氛围是不容易的，碰到文化不能融合的情况也是自然的。

我尽量抽空看电视，了解当下在学校里最流行的电视剧，看完了就主动参与讨论，也表达自己的猜测和看法。有些剧我觉得很无聊，但是同学们都在看，我就把它们当成作业。渐渐的，时间长了，有些好奇心强的美国同学会主动问我很多关于中国的问题，比如北京的国际学校是什么样子的，还问我中国有没有电视剧，等等。我心想，中国的电视剧太多了，也太不一样了！该怎么向美国同学解释《还珠格格》？他们完全不能理解！一开始，他们问我任何问题我都非常兴奋地解答，但是发现他们很快就没兴趣了。后来我也学会慢慢地说，每次只上“一堂课”，讲解一个问题，比如《还珠格格》是什么时期的故事。虽然美国历史很短，但是大家都了解欧洲历史，也看过历史片。通过这样的比较，尽量寻找共同点，这样同学们更容易接受，也更有兴趣。

从那时起，我就学会怎样根据对象来采取不同的交流方式，讲不同的“故事”。会“讲故事”也是非常重要的一项本领，这并不意味着“编故事”，而是怎样用简单的语言把一件事说得生动、有条理、好理解。可以参考一些演讲，比如“脸书”（Facebook）的创始人马克·扎克伯格2015年10月24日在清华大学光华管理学院用中文的演讲，重点只有三个，每一点都是用一个故事讲出来的。

衣着风格。中美两国流行的穿着并不一样。我刚回美国时，在衣着方面也很不适应。美国人一般穿着比较简单、休闲，样式和色彩都不如中国丰富，甚至可能会被时髦的中国人看作有些“土气”。在美国，有时外国学生穿得比较前卫，美国人反而会觉得奇怪。我在北京上中学时，国际学生圈受欧洲和韩国、日本时尚的影响而流行的鞋、饰品，比如鲜艳颜色的塑料眼镜框，回到美国后就会显得格格不入。美国人虽然打扮简单，但是非常注重仪表。其实每个国家的人都会这样，中国人所谓的“眼前一亮”也就是第一印象深刻的意思。在美国，衣着上最让大家接受、羡慕的同学不一定多有特点，而是看着最顺眼。“顺眼”的意思就是穿得按部就班，跟品牌杂志里的搭配类似，不出格，没有争论点。这是最大众、最安全的选择。说白了，就是走进一家时尚品牌店，里面的塑料模特怎样搭配，自己也尽量一样就是了。当然，我说的是普通学生和上班族的打扮，非常时尚的美国人自然也是有的。慢慢的，我在美国读高中时，穿着方面就是看同学们之间流行什么品牌，逛逛商场，然后照样子模仿打扮，因为衣着上太多的创意基本上没有人欣赏。记得回到美国两年以后，很多两年前在北京时兴的东西才终于开始在美国走红了。

近几年，美国的年轻人有几种时尚风格，以下几个品牌仅供参考。这几个品牌也是我个人喜欢的（见下页表格），没有什么时尚风险，都是安全的选择。

体育项目。说实话，我最发怵的就是美国的体育项目。全世界都熟悉美国的NBA（National Basketball Association），足以见得美国人非常喜爱篮球。但是美国人的挚爱还包括两个其他国家少有的体育项目：美式橄榄球（简称“football”）和棒球（baseball）。其他西方国家管足球叫“football”，橄榄球（英

风格	英文	风格描述	代表品牌	网站
“预科生”	preppy	样式有点儿书生气，看起来干净利索	J.CREW	www.jcrew.com
经典现代	classic modern	比预科生成熟，不但干净利索，而且优雅	Kate Spade（女） Jack Spade（男）	www.katespade.com www.jackspade.com
“潮人”	hipster	懒散但有别致的细节，比如发型看起来可能是睡醒没梳头，但实际是花了 30 分钟整理出的效果	Urban Outfitters	www.Urbanoutfitters.com
复古，博霍别致	retro，Boho Chic	有时代背景，欧洲乡村吉卜赛风格	Anthropologie（女）	www.anthropologie.com
休闲舒适	casual comfort	在美国最安全、最大众的风格	GAP	www.gap.cn

式）叫“rugby”，但是在美国，足球叫“soccer”，“football”是美式橄榄球的称呼（主要因为美式和英式橄榄球虽然相似，却是两个完全不同的体育项目）。橄榄球、棒球和篮球在美国几乎有100%的收视率。每年秋季至春季为篮球和橄榄球联赛季节，棒球联赛则是从春季到秋季，所以美国的电视台一年365天基本上都会有这三个项目其中一个的报道。足球虽然是全球最普遍的体育项目，但是美国人基本上没有兴趣，很难和美国人讨论足球，美国也没有世界排名靠前的队伍。

从高中开始，美国人对体育项目的关注和参与开始增多，竞争也很激烈。学校里除了体育课，还会有一些基本体育运动，比如篮球、棒球、网球、草地曲棍球、高尔夫球，等等。另外还会有这些项目的课外竞技队伍，外加橄榄球和游泳等队。亚裔学生一般专注于学业，很少参与体育活动。其实这是一种疏忽，因为参加体育项目对于了解美国文化是非常重要的。光看看世界上有多少体育品牌是美国的，就知道运动在美国人心目中的分量了。

在美国，参加体育项目并不意味着一定要做这些运动，主要还是观看，因为美国人并不算是“好动”民族。美国人谈论体育就像谈论天气一样，问一个人有没有看比赛就像中国人问别人“吃了吗”一样。如果两个陌生的美国人见面，发现彼此都喜欢同一支橄榄球队，就会像同乡见面一样感到亲切。美国人最喜欢的休闲方式就是看球赛，边看边喝啤酒、吃热狗，和家人、朋友、同事共度美好时光。这种爱好就像中国人爱唱卡拉 OK 一样，是轻松减压的一种方式。女孩子在这方面的压力稍微少一些，毕竟女孩子在一起不会时时都聊体育，但如果一个女孩子不光看橄榄球，还特别喜欢，就绝对会让男孩子刮目相看！男孩子在这方面会有压力，一般美国的男孩子都有非常喜欢的体育项目，这在别的国家可能也一样。

如果想真正了解美国人对体育的热爱，体会和融入真正的美国文化，那我一定推荐大家去了解橄榄球和棒球。有一套丛书叫作《教傻瓜学________》

（________ *For Dummies*），这个________就是一本书的主题。从书名就可以看出这个系列通俗易懂，普通人也很容易理解。比如，如果你想了解橄榄球，就可以买《教傻瓜学橄榄球》（*Football for Dummies*）。这一系列的书非常全面，几乎任何主题都可以找到，学高尔夫球，学个人理财，编写代码，品尝红酒，弹吉他，学中文！至今已出版了 300 多个主题。网站是：http：//www.dummies.com/。

我和其他在中国上过国际学校后又回到美国的同学的集体总结是：

1. 在中国上国际学校，包括美国学校，并不能减轻来到或回到美国以后所碰到的文化接轨的压力。主要是因为在中国居住的美国人与在美国居住的美国人并不一样，包括生活习惯和思维方式。所以就算在中国上过国际学校，也一定要对来到美国后需要重新适应有心理准备。

2. 以上描述的三个方面只是中学生生活和社交

方面的重点。学习方面，就算中国国内的美国学校是美式教学方式，也不一定和真正在美国的学校完全一致，所以需要另外调整（将在第四章详谈）。在生活上需要有心理准备，自己和新结识的美国同学都不可能隔夜就有转变。如果一开始感到被排斥，不要沮丧，也不要害怕自己和别人不一样，虽然有时候的确会感到孤单。要告诉自己，独自处于一个完全陌生的环境是很勇敢的，是大多数人都做不到的。尽量去了解和学习美国文化，争取更多机会接触美国人。当然，有时候可能会希望只和熟人接触，这样想没有错，因为每个人都希望处在自己熟悉的环境里，但是换位想想，如果一个美国人在中国生活多年，却不接触任何中国人，那是多么可惜！大老远来到中国跟美国人扎堆，还不如在美国待着呢，费那么大力气来中国干吗？想想有多少美国人在中国初来乍到也很不容易，大多数人中文还不如中国人的英文好，但是他们非常勇敢，因为勇气在美国是一个永远都不会过时的优点。

3. 最重要的一点就是不要盲目融入美国社会。

急着做“美国人”没有意义，反而会让自己的行为和举止显得奇怪。美国大而复杂、多姿多彩，保持个性比融入集体更重要。如果一个人只是盲目地模仿别人，或者过于积极地追求“美国范儿”，反而会显得奇怪。一个经历过国际学校氛围的学生，不管在世界上哪个国家，最宝贵的就是拥有“国际视野”，成为“世界公民”。这种视野是非常有感染力的，因为它可以跨越分歧，搭建文化桥梁。世界在不停地国际化，拥有国际视野而不是融入某种文化，不论是对自己还是对社会，都更加有利。对一个在中国只上过体制内学校，没有国际教育背景的学生也是一样的，来到陌生的地方是交流的机会。来美国上学的目的不一定是融入美国，也可以是通过和美国人交流，提高自己跨越分歧的本领。这段经历应该提炼出一个更精致独特的自己，具有跨国精神，不怕陌生的环境、人和事物，而不是在这个过程中失去自己。目标是要让美国融入自己，而不是自己融入美国！

第四章

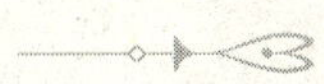

“大”与“多”的挑战（高中和报考大学—美国）

中国人通常用“大”来形容美国：“哇！美国地方真大!”中国也很大，但是人们更经常用“多”来形容中国：“哇！中国人真多!”因为人多，地方就显得不那么大了。我逐渐发现，这两个字也可以用来形容美国孩子和中国孩子的成长过程。在美国，“大”是有特点、突出的意思。房子大，车大，路宽也大，美国人的个性也很“大”。虽然“大”和“多”都是在形容容量，但是含义非常不同。“大”一般是指一个东西大，其他的东西相对就小，所以“大”是一个和其他东西不一样的概念；“大”一般是指单件，比如“这个苹果比别的都大”，形容一个突出的特点。另一方面，“多”就是许许多多，一样的东西有很多个，和其他的东西没有区别，只是数量的概念。“大”

和“多”在美国孩子和中国孩子成长过程中是如何表现的呢?

高中（15～18岁，1996～1999年）：莫里斯敦

在北京上完初三以后，我回到美国，在新泽西州的莫里斯敦（Morristown，New Jersey）读高中，感受到“大”和“多”的不同。在美国，如果想考进重点大学，竞争压力也是非常大的，但和中国不一样，压力很多来自于老师，同学之间和父母的外在压力则要远远少于在中国。在美国，从高中一年级开始就有“快班”和“普通班”的分别，和中国的文理科分班概念不一样。所谓的“快慢班”，就是按学习成绩分成两个级别，90分以上的同学分到“快班”，90分以下的留在“普通班”。两个级别的课本内容和进度都不一样，为的是让学习能力相当的同学在一起，没有太多攀比和竞争压力，让孩子的心理平衡。也就是

说，一个学习非常差的学生是不会和一个学习非常拔尖的学生在一个班里的。

我有很多亚裔同学，和在中国读书的学生一样，从小到大接受的教育就是功课应该门门强，哪门弱补哪门，所以重点经常都是放在弱项上。数学差？补数学！化学差？攻化学！最后的结果是就算补上了，也就是平均好，没有突出的科目。如果没补上，因为还是下了功夫，也就变成平均一般。亚裔同学成为“平均好”或“平均一般”很寻常，毕竟门门都下了功夫。这就是我说的“多”，多科目、多功夫、多时间，“多”被认为是好的。不过，在达到“平均好”的过程中，渐渐失去的是个人特点。很多亚裔学生到最后失去的甚至可能是“自我”，因为和其他孩子——尤其是其他亚裔孩子相比，没有区别，实际上也就没有优势，成为了一个可以“多”复制的存在。

与此相反，美国孩子从小注重的是“大”，怎样让自己突出、有特点。强项是弱项衬托出来的，美国孩子更注重发展自己的长处，而不是弥补自己的短处。在美国文化里，“平均好”和“平均一般”一样，都是没有特点，从而没有竞争力，其实是一种失败。因此，普遍的现象就是当一个美国学生在某方面很强的时候，通常会非常强，成绩比亚裔学生还要好。美国孩子的长处一般是天生或有浓厚兴趣而发展出来的，当擅长和兴趣两者合一时，优势是难以抵挡的。美国很多有名的企业创始人，像乔布斯（Steve Jobs，“苹果”的创始人）或扎克伯格（Mark Zuckerberg，“脸书”的创始人），他们信奉的都是“找到你的激情和擅长，勇往直前”。在美国，如果大多数人的目标和战略都是让自己的强项更强，那么一个忙着弥补自己短处的人是很难有竞争力的。

当时我有一位美国女同学叫埃莉莎（Elisa），她在数理化方面成绩非常优秀。我问她是不是课外花了很多时间复习，或得了好分数以后父母有奖励。她觉得很奇怪，不明白我为什么这样问。我说，要不然你的成绩怎么会这么好？她解释说，她对数学和化学感兴趣是因为她的妈妈是位糕点师，她从小就很喜欢跟着妈妈做糕点。美国的菜谱非常细，有很多容量、重量的换算，从她小时候起，妈妈就不断给她很多制作糕点的菜谱，她经常做这些换算，脑子就练得很伶俐。长大以后，她觉得做糕点其实就是运用数理化的知识，于是对这些学科产生了浓厚的兴趣。她希望自己以后也可以做糕点师，发明更有意思的糕点配方，妈妈也很支持。

埃莉莎的动力是发自内心的，是个人兴趣的追求，而我的数理化成绩是苦练出来的，对这方面从来就没有兴趣，所以很难突破。埃莉莎虽然上的是快班，但数理化以外的科目成绩并不突出。她的父母也没有给她施加更多的压力，要求她门门功课都拔尖。后来，埃莉莎考进了麻省理工学院（Massachusetts Institute of Technology）。她不仅取得了数理化几科的高分，展现了自己的特长，同时也通过她对糕点厨艺的兴趣，开创了一门小生意。高二暑期，她做了一些迷你蛋糕送给家人和朋友，因为味道和设计都非常独特，口碑很快就传开了，于是她开始收费，为私人派对做蛋糕。暑假过完，她连自己的名片都有了，还把赚到报酬的 10% 捐给了当地的慈善食品站。

这里补充一下，美国大学招生往往参考以下五项：

1. **大学通考分数**（SAT score）。美国的高中有四年（高一相当于中国的初三），大学通考从高二开始。这是综合学术能力的标准化评估考试，参考多次成绩，以最高分数为准。

2. **高中分班等级和绩点**（high school classes and GPA）。各所大学的招生都会考虑学生的分班等级、科目分数和所有科目的绩点。

3. **老师或导师的推荐信**（teacher and guidance counselor recommendation letters）。学生可以请老师或导师为自己写推荐信。

4. **社会服务和社区领导活动**（community service and leadership activities）。学生可以利用参加课外活动来展现个人兴趣、爱好和领导组织能力，其中也包括课外体育项目成绩，比如加入学校的网球队并拿到校区、州或更高等级的名次。

5. 个人随笔文章（personal essay）。不同的学校会提出不同的题目，学生可以通过这篇文章介绍自己，发表观点，提供更深层次的交流。

埃莉莎不仅拥有优秀的数理化成绩，还发挥自己的爱好和特长成为了小企业家，进而分享报酬，帮助他人。她把这段经历写进了她的个人随笔文章，向麻省理工展现了她是独一无二、远非几个高分就可以取代的埃莉莎。她不是以“多”量化的，而是以自己最“大”的特点迈进了麻省理工的校门。

我还有位美国男同学叫安德鲁（Andrew），他的数理化成绩一般，但是英文课快班全班第一。他伶牙俐齿，是学校辩论俱乐部的主席，从高一开始就飞遍美国多个城市，带领辩论队参加比赛，赢得过多个集体和个人奖项。安德鲁从小爱看脱口秀和单人相声，觉得那些能言善辩的人很了不起，所以从小就和家人练习辩论各式各样的话题，家里饭桌上的讨论都是他主持。到了报考大学时，安德鲁大部分功课分数都是平平，但是他在辩论方面的天赋和能力特别突出，最后凭借这方面的出色表现被耶鲁大学录取。大家都期待他有朝一日成为脱口秀主持人、单人相声演员或者政治人物，一切皆有可能！

渐渐的，我发现，如果用中国的升学方法考美国大学，也就是只靠分数考大学，会很吃力。一个人不可能什么都拔尖，想样样都比别人强是很困难的。每个人天生或后天培养的强项都是不一样的，应该继续加强自己的长处，增强竞争力，而不是不停地去弥补自己的短处，以此去和别人的长处对抗。在美国——一个大部分人都在展现强项的地方，忙着弥补短处是不合时宜的战略。当我慢慢摸索出这些道理以后，便开始注重自己的特点、特长和特殊的经历，并在这方面投入时间和精力来“塑造”自我。我开始用另外一种思维方式来鉴别自己的长处和短处，这个思想上的转变并不容易，但是通过这个过程，我也渐渐摸索出自己“中西结合”的特点。

美国著名主持人奥普拉（Oprah Winfrey）曾经说过，她很幸运，因为她的成功来源于每天都可以做自己最擅长且最喜欢的事。她擅长与人交流，而她的兴趣也是帮助他人找到内心的力量，这两项把她引向做专访记者的职业道路，又把她带到脱口秀的平台。但是奥普拉也承认，光靠擅长和兴趣是不够的，刻苦和努力也很重要。在我看来，如果培养兴趣、进一步发展自己的擅长是美国教育的根底，那么刻苦和努力就是中华教育的真谛。不过，我渐渐也发现，所谓“磨针”也是要有技巧的，“死记硬背”地下功夫并没有多少效果。在美国学习的时候，就要通过学习美国文化来找出美国式的“磨针”技巧。

刚刚回到美国上高中时，我非常不适应，感觉自己很失败，每天都在想象如果留在中国上高中该有多好。这个心理门槛是很难过的。虽然我离开美国只有短短两年，但是重新进入美国的教育体系还是遇到了困难，在学习和社交方面都有了隔阂和障碍。

美国的教学方式和中国非常不一样，特别是高中。一个简单的例子就是课堂笔记。在中国，老师会在黑板上写板书，大家跟着抄，所以同学们的笔记多多少少是一样的。可是在美国，老师的笔记是随意的，很有可能一堂课下来黑板上一字不写，全部用讨论的方式授课，同学们根据自己的领会选择重点记笔记。我看过一些同学的笔记，样式和内容也是五花八门的。有的干脆在本子上画画、做记号，只有自己看得懂。刚开始，我没有注意到这个细节，天天等着老师在黑板上写板书，但是老师一直没写。上了三四天课后，尤其是英文课，我一点儿笔记也没记，还以为老师不写就不重要。恰巧那几天的作业也一直是阅读，所以不需要参考笔记。一个礼拜下来，老师留的作业终于需要参考这个礼拜的课堂内容，我却什么也没有记。不用说，第一次作业无法完成，我懊恼地向老师解释，老师却半信半疑，无法理解一个高中生为什么没有记笔记的能力。更何况虽然我刚从中国回来，但是我英文流利，没有语言障碍，老师没想到我的学习会有问题。

接下来的一段时间，我开始练习上课记笔记。当时我的英文老师是一位看起来很精干、利索的黑人女士，中等个头，非常瘦。每天的打扮是头顶上盘个髻，穿着一身黑，左手腕戴满金色的手镯，右手腕戴满银色的手镯。说话时两条胳膊不停地挥动，手镯也跟着丁零当啷响，看起来像位艺术家，而不是英文老师。她讲课的方法也非常抽象，经常需要学生自己总结重点，这种天马行空的讲课方式令我很不适应。为了能让自己有充分的时间练习边听边记笔记，我想了个办法，就是把课程录下音来，回家后慢慢听、记笔记。我第一次录音就被老师发现了，下课后，她私下对我说，我应该事先问她可不可以录她的声音，因为她的声音是个人隐私和个人权利。在美国，尊重个人隐私很重要，诸如录音、录像、拍照等行为，如果是针对个人的，都要先征得别人的许可，否则会被误认为不尊重他人隐私，甚至侵犯个人权利。我听了老师的话觉得很沮丧，幸好老师也明白了我的用心，终于理解我确实学习有困难，同意我继续上课录音。虽然我开始明目张胆地上课录音，但实际上心里并不好受。我明明会英语，却跟不上课程，还要用录音，再加上我又是新来的，难免担心同学们会以为我有智力问题。我非常勤奋地练习记笔记，就连回家以后看电视、听新闻、读课外书时，都不停地在脑子里做总结，练习听、看、联想和总结的能力。经过一段时间的练习，我终于掌握了课堂笔记，后来也很自豪地把笔记借给别的同学用。

除了教学方式不一样，学生的学习方式也不一样。开学那天上第一堂英文课，老师问大家暑假都读了什么书，没人回答。于是老师又问学校里推荐的两本书有没有人读，还是没有人回答。老师装着很扫兴的表情说：“那好吧，看来你们没有人能拿到五个奖励积分，这可以加在期中考试的分数上。”我当时非常诧异，读两本书就可以在考试成绩上加分？太厉害了！如果得 85 分，加 5 分就 90 了！这时有几位同学说他们读过了，老师说，过两天交读书报告，就可以拿到5分。同学们开始起哄，说太不公平了，因为放假前老师并没有说会有奖励。老师说，奖励就是给少数人的，如果人人都得，就不叫奖励了。没有提前说，就是让人人都有公平竞争的机会，读多读少，看大家自觉。同学们又开始纷纷表示不满，于是老师又宣布，如果有同学在一个礼拜之内读完这两本书并提交报告，期中考试可以奖励3分。大家七嘴八舌地表示赞同。我感到很惊讶，没想到学生跟老师可以有商有量、讨价还价，还可以公开向老师表达不满。

上课正式开始后，老师在黑板上写了一个词：Paragon of Virtue（道德模范），这是当天的主题。以后几乎每堂课都是这样，有一个主题词。老师先问同学们这个词的含义是什么，同学们发表意见后，老师又接着问“道德模范”会怎样对待生活中的一些人与事，慢慢将讨论延伸到“正义”与“邪恶”的话题。有几位同学非常活跃，想法很多，他们开始相互辩论。老师仔细聆听，但只做讨论导航，并不发表意见，而且会不停地问“为什么”，引导同学们更清晰地表达。同时也会叫一些不发言的同学，问问他们的看法，给他们发言的机会。后来我才知道，上课发言占学期总分的15%，期中和期末考试占60%，每周的小测验占15%，作业占10%，所以课上发言，表达看法和想法是非常重要的。第一天的讨论并不是根据任何课本内容，那天的作业是阅读，关于美国成立以前一个很重要的历史事件——“塞勒姆审巫案”（Salem Witch Trials），这个事件最后造成很多无辜的人死亡。

第二天，老师又在黑板上写了另外一个主题词，然后问我们看完阅读材料之后，怎样联想这个词和第一天的词。我们的讨论就这样一直持续下去。美国的课堂上，老师很早就开始培养学生独立思考、判断、总结、然后表达个人想法的能力。需要死记硬背的内容非常少，就连历史之类的文科也是如此，最重要的部分总是讨论。学习的重点并不是记住哪年哪月哪天哪场战争开始和结束，而是要明白这些历史事件为什么会发生，以及如何避免历史悲剧重演，所以要用心去理解当时人们的心态和时代背景。

后来，我发现很多课都是采用这种方式，包括数理化。当时我的化学老师还有一个方法，就是完成作业没有分数，但是帮助讲解作业难题占学期分数的10%。每堂课开始，老师先把头天作业的答案告诉大家，同学们交换作业，根据答案判分。老师问同学们有哪些题做得不对，然后把不会做的最多的五道题写在黑板上，再问有谁答对了或没人答对但是觉得会做，会做的人上黑板把解答过程写出来，讲给大家听。如果大部分人听懂了，就得2分；如果没人听懂但是做对了，得1分，老师会帮着解释答案；如果上了黑板但是做错了，仍然可以得1分。这些分数是在鼓励不同的行为：2分奖励给做对了题并且可以教会别人的人，也就是奖励沟通技能；1分奖励给解题技能强但是表达能力不足的人，鼓励下次完善表达能力；最后一种情况，1分奖励给做错也说错的人，这是奖励勇气，在不知道自己是否正确的情况下愿意尝试。这和传统的中国教育，即没有把握就别瞎猜瞎试的观念正好相反。一开始我非常紧张，很害怕自己会说错或做错，但是因为必须争这个分数，所以硬着头皮也得举手。后来我慢慢发现，勇气就是胜利，敢于尝试、锻炼自己也是胜利，这些都是迈向未知之处的第一步。如果只有确定自己是正确的时候才敢迈步，那迈步的机会就太少了，而且不会走得很远，因为一条已经看到目标的路线不会有大的突破。

从这里就可以看出，中国人和美国人对成功的理解是不太一样的。中国人对成功的看法一定是大多数人都认可的，或者知道是正确的，而美国人对成功的理解往往是敢于迈出第一步，敢试、敢说、敢干，结果的对与错不一定包含在成功的定义里。另外，在这里又体现出了“多”与“大”的不同。“多”是指很多人可能都会做一道题，即技巧很强的人很多，但是可以真正清楚地解释给他人、和别人沟通的人，才会提供更多的价值，因为这个人可以将技能传授和推广给更多的人，更具有影响力和领导力，这就是所谓的“大”。在美国，一个只有技能而没有影响力的人往往被认为是容易取代的，而技能 + 影响力 + 勇气 = 胜利！

斯坦福大学有一位心理学教授，近几年推出一本名为《心态》(*Mindset*) 的书。这本书的主题之一是，即使一个人对一件事有先天优势也有兴趣，但是不刻苦努力、自我反省，就等于没有优势，因为其他条件和兴趣相似的人通过努力就可以超过你。书中举了美国篮球巨星迈克尔·乔丹（Michael Jordan）的故事作为例子。虽然乔丹有天生适合打篮球的身高和浓厚的兴趣，但是一开始他的四肢配合并不好。当时有很多和他先天条件相似的球员比他优秀，他是通过刻苦训练，保持平稳心态，才终于突破了自己的瓶颈，成为优秀的运动员。

我认为，机会是给准备好的人的，我相信“准备好”就是：

鉴定擅长（实力）+ 兴趣培养（动力）+ 刻苦努力（有技巧的时间投资）= 自己的竞争资本

我就是靠着这个理念考进了属于常春藤联盟的康

奈尔大学。

向梦想中的大学发起冲击！

到了报考大学时，从一种角度来看，我在北京读书的两年使我脱离了美国教育体系，进入美国高中后遇到困难，学习和社交方面都有障碍，但从另一种角度来看，这两年给了我大多数美国学生很少有的生活体验。我有这种体验，别人没有，就可以换位看作优势。一旦发现了自己的优势，接下来的战略就是找到重视这个优势的战场。在中国，高考是比较单纯的，只靠分数，但在美国，就有机会展现更完整的自我，体现自己最“大”的方面。

在北京五十五中外国学生部学习的两年中，我结识了三十多个国家和地区的朋友，拓展了视野，增加了对世界的了解，也培养了我对旅游的喜爱。从十三四岁起，我就有了这样的信念：旅游——拜访别的国家，接触并亲身体验不同的文化和习俗——是最好的和平交流的平台。因为有了这个信念，我对旅游业产生了浓厚的兴趣。回到美国以后，有人开始向我推荐常春藤联盟里的康奈尔大学，那里有世界知名的酒店管理学院。一开始我并不知道康奈尔，只知道常春藤的大学都非常难考，不光分数要高，考生也要有特长。因为自己刚刚回到美国，还在适应期，所以 GPA 一直在 3.3 左右。美国高中的成绩系统中，93—96 分等于 A，A 就是 GPA 4.0。我的 GPA 3.3 相当于 87—89 分的水平，非常一般，比同年级的亚裔同学成绩差很多，他们大多数 GPA 都在 3.6 以上，也就是 90 分以上的水平。所以，虽然我对酒店管理专业产生了兴趣，但因为成绩，一开始我并没有对考进康奈尔大学抱有很大期望。

在美国的高中，每个学生都会有一位导师，相当于辅导员，负责学生的心理健康和全面发展，而不只是学习成绩。如果家里有什么困难影响到学校生活，学生也可以向导师倾诉。我上高一不久，导师让我列出几所目标大学，因为大学通考高二开始，所以从高一就要开始准备。我还不太了解其他有酒店管理专业的大学，就只写了康奈尔。我的导师就像大多数美国老师一样，比较注意保护孩子的自尊心，所以对我说康奈尔可以作为理想目标，但我还应该有几个比较实际的目标。

美国的大学非常注意学生群体的内部平衡，每所大学都有指标，按照不同种族、文化、家庭背景等特点来招收学生。这些指标是不公开的，但大家都清楚它们的存在。如果一所学校的学生都只是凭高分考进来的，这所学校的“性格”就会非常单一，而且不符合社会的现实情况。美国的顶尖大学都希望模拟真正的社会，拥有来自完全不同文化背景、有不同优缺点的学生，所以报考大学时，我的直接竞争对手不是对同一所大学感兴趣的所有学生，也不是成绩更好的学生，而是其他的亚裔女生。根据我当时的成绩，全年级 300 多名学生，我的成绩连前 10%（30 名）都达不到，而我知道有两位学习成绩在前 10 名的女同学，一位亚裔，一位美国人，都对康奈尔大学感兴趣，所以从表面上看来我希望不大。不过，经过一番调查以后，我发现康奈尔大学的酒店管理学院的确是全世界最好的，值得为之努力，而且它注重的不光是学习成绩，也非常关注性格、经历和潜力。

康奈尔大学酒店管理学院在录取学生方面要求有些特殊。其他大学考查的五个项目也是它的标准，特别是第四项和第五项，但它还另外加上两个项目。我在这些项目上是有差距的，不过，我相信在某几项上可以争取：

1. **大学通考分数**。满分是1600分，往年被接受的学生平均分在1400以上，我的最高分是1290。

2. **高中分班等级和绩点**。大部分申请学生的高中分班等级都是“快班”，而且绩点在3.6以上。我因为刚从中国回来，有些科目还没有跟上，所以只上了一半的“快班”，绩点只有3.3。

3. **老师或导师的推荐信**。老师或导师都可以帮学生写推荐信，说明申请人适合这所学校的理由。因为我的导师一直对我能不能考上康奈尔半信半疑，所以我必须将自己的潜力证明给导师看，得到她的支持。

4. 社会服务和社区领导活动。康奈尔需要的是愿意领导他人，同时也愿意服务于社会的人，所以体现这方面的能力非常重要。

5. 个人随笔文章。我申请的那年，文章的主题是“想象一下，10年以后你会在哪里，做什么?”。很多高中生可能连自己大学要报考什么专业都没考虑清楚，但大学是想确认学生是有长远目标的。对未来的想象没有对错，而且谁也不知道自己的10年计划能不能实现，学校想要确认的只是这个学生敢于想象。

另外，康奈尔大学酒店管理学院还增加了以下两项：

6. 真人面试。到校园或与校友面试，为的是让学校有机会见到学生本人，观察性格特点，倾听本人讲述为什么对这个行业感兴趣。

7. 服务行业实习经验。为了确保被录取的学生确实热爱服务行业，每位申请人要求有在服务行业实习的经验，所以我必须在高二暑假期间（即高三第一学期申请大学以前）完成实习。

从高一的下学期起，我开始根据这些要求逐项制订自己的战略。成绩平凡的我决定全力以赴以上第4、5、6、7项，然后用我的努力和诚意去感动老师和导师，说服她们帮我实现第3项。这几项和学习成绩没有直接关系，需要展现学习以外的特长，这正是将几乎所有精力花在学习上的亚裔学生的弱项。我开始计划怎样利用高二一年的时间充分体现一个“大”而非“多”的我，一个不可取代、独一无二的我。

我首先开始策划第4项——社会服务和社区领导活动，也包括学生会之类的活动。高一下学期开始，我参加了学校的亚洲学生会，大部分会员都是第二代或第三代亚裔移民，也有几个从中国大陆、台湾地区和韩国过来上高中的学生，一共30多人。30多人组成的学生会规模不算小，但在整个高中1000多名学生中，亚裔学生只占不到5%。加入这个团体以后，我发现我和那些在美国土生土长的华裔不一样，和刚从中国来的同学也不一样。虽然我说着和ABC一样流利的英文，但是当时我对美国文化的了解有些脱节；另一方面，我和中国来的同学又可以用中文流利地交流，从而能够帮助他们了解美国文化。可以说，我是这两类以外唯一的另类。一开始，我因为自己的特殊而感到有些孤独，但是慢慢的，我发现我其实是在做这两类不同的人之间的桥梁。正因为我有这种沟通能力，大家选我做公关宣传代表，向全校师生推广我们的学生会。

我负责的第一项重要任务是筹备学校每年5月份的美国亚裔文化节。往年的活动非常单调，无非是在午饭时间把有些会员从家里带来的煎好的速冻饺子热一热，摆在桌子上，请大家品尝。至于互动活动，一般也就是教非亚裔同学使用筷子，还有几位学过跆拳道的韩国同学教其他同学比画几个动作，活动项目非常零散，没有主题。我希望可以进行更深一步的亚洲文化推介，而不希望把美国人对亚洲文化和中国文化的理解停留在饺子、筷子和功夫上。

我设计了一个名为“亚洲：昨天和今天”的活动主题，编导了30分钟的综艺节目，因为我发现我们学生会里的同学们非常多才多艺。亚裔父母通常都非常注意培养孩子对祖国文化的理解，一位台湾同学会弹古筝，另外一位华裔同学会玩空竹，而且还得过奖，有两位印度裔女同学会跳传统印度舞蹈，几位韩裔男同学会跆拳道，也会韩国现代舞。大家都太有才华了！正好这一年，校长决定每个文化节都可以利用30分钟午饭时间，让学生参与文化节的活动。于是我向我们的主席——一位高三的华裔同学——提议，让校长批准我们使用学生礼堂来表演节目。校长请我们先为他表演一次，看完节目以后，他很激动地告诉我们，所有的老师和同学都应该观看，并且应允我们借用礼堂！看完演出以后，同学们都纷纷表示很开眼界，我的英文老师和导师也向我表示演出非常有意义，令我感到十分高兴。

这次以后，我继续积极参加其他活动。一年以后，在高二新学生会改选时，我试着竞选主席，结果成功了。我记得当时我干劲儿十足，因为我的目标很明确：既然成绩平凡，就一定要在别的方面体现自己的潜力和实力，哪怕不成功，也要试一试。

第6项——真人面试，归根到底就是说服他人投资你。想要得到他人的信任、认可和投资，有时需要自己先投资，细节很重要。

第一，时间投资。面试必须在高二第一学期完成，可以选择到校园面试，或者找住在自家附近的校友面试。我家到校园需要开车近四个小时，但是我和妈妈商量好了，一定要去校园，这是为了展现非康奈尔不可的决心，所以我们当天开车往返近八个小时，参加了一场两小时的面试和学校组织的参观活动。这样的活动是为了让校方有机会认识一些考生，也为考生提供机会接触其他学生、老师和校友，借此展示自己。

第二，形象投资。面试是正式场合，需要穿正装。作为一名高中生，平时没有任何场合需要穿正装，但是因为酒店行业非常讲究礼仪，所以正装是必须的。没办法，妈妈做了一笔投资，为我买了一身300多美元的西装，样式很朴素，但是合身而得体。穿正装的目的当然不是展示服装，而是表现我对面试的重视，给校方留下敬业、诚恳的第一印象。

第三，内在投资。外在的修饰只是第一步，面试对谈才是真刀真枪的历练。当时《纽约时报》(*New York Times*) 每周三有“美食与酒”(Food and Wine) 专栏，是酒店行业的宝典之一，所以从高一第二学期开始，我每周都会一字不漏地读完这个专栏，增加自己对行业的认识。我的专业阅读一直持续到面试前，大概有9个月的时间。当面试我的教授问我平时喜欢看什么样的书和新闻并要求解释原因时，我概括了一些读过的专栏文章，总结出自己的想法，与教授进行了探讨。虽然别的同学可能也会看这个专栏，我并没有什么特别之处，但是看过以后有自己的想法才是最重要的。

第四，印象投资。面试后一定要记得给面试官写答谢的 Email 或卡片，这是基本礼仪，酒店行业的未来从业人员更不能忘记。要知道，每一个细节都是在留下自己个人品牌的痕迹。

第 7 项是服务行业实习经验。在美国，十六七岁的高中生做小时工赚零花钱是非常普遍的事。许多服务行业都会雇用高中生做小时工，比如餐饮业的服务生、商店的收银员、酒店代客泊车的伙计、夏令营的辅导员助理、糕点师助理，等等。就连小学生和初中生都可以做一些基本的工作，比如帮邻居割草、遛狗、照看更小的孩子……一般的美国家庭都会让孩子做力所能及的工作挣零花钱，并体验财务自由和责任感。这跟家庭经济条件没有太大关系，主要目的还是塑造品格。

在中国，基本没有高中生“打工”的氛围。首先，社会不提供机会，很少会有工作岗位让学生来实习；其次，中国文化一般默认，如果家里经济条件尚可，孩子就没有必要去打工吃苦。而且家长普遍认为，所有时间都应该花在学习上，连玩儿都不行还去打工？现在我回想起来，提早体验一下简单的工作对于建立我的同情心、责任心，培养社交能力，以及初步了解社会系统都非常有利。当时我身边有很多美国同学都有不同的小时工工作，亚裔同学相对就少。对于我的父母来说，如果不是康奈尔大学有服务行业实习的要求，他们也不一定会让我去打工、实习。

就这样，我开始学习怎样求职。由于“工作履历”完全空白，连帮邻居割草、遛狗的经验都没有，所以我被拒绝了很多次，很少得到面试的机会。我唯一可以提供的只有诚恳踏实、愿意学习、勤奋工作的态度。我本来以为餐饮业的工作应该好找一些，比如服务生，但是服务生的工作其实很难，需要很多经验。服务生的表现会直接影响餐厅的收入，所以店家很少会把重任交给一个完全没有经验的高中生。相比之下，我的美国同学从十四五岁就开始在暑期或节假日打工，比我经验丰富得多。没办法，我开始写一张张面函，递到离家不远的几家酒店的前台，硬着头皮去试。先问有没有任何适合高中生的空缺，如果有，我就会递上面函，进一步解释我求职的目的是为了考进康奈尔大学的酒店管理学院，虽然没有任何工作经验，但我非常勤奋，也愿意学习。经过多次失败，我终于取得了进展。我很幸运，有一家酒店的总经理就是康奈尔大学毕业的，员工把我的信递给了他，他决定帮我，让我到前台经理那里面试，面试通过后便可以接受培训，做前台服务员。我高兴极了，通过自己的努力达到目的，感觉就像中了彩票！

高二的暑假，我开始每天上班。我在工作岗位上结识了很多新朋友，也体会到作为服务行业工作人员的辛苦和不易。为他人服务、帮助他人是高尚的，同时也是非常辛苦的，不是所有人都可以做好，有一次我就亲身体验到了。

酒店有几位常客，因为工作的关系，每个礼拜都来酒店住，我和其他同事跟他们也熟了。一天，他们到餐厅用餐，晚饭高峰以后餐厅人比较少，他们知道我想考康奈尔大学，就和经理开玩笑，问我能不能当他们的服务生，练习练习。以前我也观察过其他服务生的工作，所以经理说可以让我试试。大家坐下来以后，开始看菜谱。餐厅的规矩是服务生要背下当天的特色菜，光背下几道菜的名字和做法，我就已经感觉吃力了。解释菜谱时，客人们不停地打断我问问题，我的脑子乱了，开始有点儿烦躁。客人点的菜我也要背下来，不能手写，所以要用心记住每个人坐的位置和点的菜。他们点菜时还不停地有特殊要求，比如把沙拉换成汤，沙拉酱放在边上，主菜少盐，甜点换成别的，等等。一共有六个人，把我说得晕头转向。我知道，客人并没有刁难我的意思，这只是他们平时的用餐习惯，但我突然意识到服务生的工作其实很难，想做到从容自如是不容易的。现在，每次我去餐厅吃饭，都非常同情并且尊重服务人员。

回想起来，这段经历是我高中时最美好的记忆之一，也为我以后的工作打下了基础。实习完毕以后，我得到了总经理的亲笔推荐信。能得到康奈尔校友的赞赏和支持，我得到了加倍的动力勇往直前！

终于到了高三第一学期的秋天，报考大学的时间。我的大学申请材料都准备得差不多了，包括第5项——个人随笔文章。在文章中，我总结了自己的成长经历，这些经历怎样塑造了我，并大胆而切实地设想了10年以后的自己。我的最后大学通考分数（第1项）是1290，而报考康奈尔的学生平均分数是1350；我的绩点（第2项）维持在3.3，康奈尔考生是3.6，在成绩方面我直到最后还是有差距的。不过，我还是决定拿着所有材料和导师见面，说服她帮我写推荐信（第3项）。我当时的想法是，我已经尽了全力，一定要告诉导师，我要试一把，希望能得到她的支持。对我来说，没有得到最终结果就先放弃，或因为怕被拒绝而根本不去尝试，这才是真正的失败。我的成功标准是敢试，而不是结果的成败。我的恒心打动了导师，后来她为我写的推荐信也非常诚恳，说我是一个一旦下定决心就非常有动力完成目标的孩子，所以认为我的精神和实践都证明，我值得康奈尔给我一个机会。

一月份我收到通知，我被康奈尔大学录取了。那一刻真的就像做梦一样，我高兴得简直就要飞起来。当时我们年级另外两位前10名的女同学也申请了康奈尔，那位美国女同学考进了康奈尔的人类学系，另外一位亚裔女同学申请了普通文科可惜没有被录取，而我成绩遥遥在后却被录取了。大家对这个结果惊叹不已，但是了解以后，都一致认为我找对了竞争平台，采取对症下药的战略，打造出鲜明的个人形象，以“大”战胜“多”，用中西结合的方式赢得了人生中重要的第一回合。

第五章

情商（EQ）比智商（IQ）更重要（大学—美国）

年轻人选择读大学一般只有两个目的：一、通过几年独立生活和学习找到自我；二、在毕业时找到一份为将来做好起点的工作。世界上任何一个想上大学的学生可能都会有这两个目的，但是在美国，怎样达到这两个目的就是区别所在。

考进康奈尔大学的酒店管理学院令我非常兴奋。从1月份得到通知，一直到9月份开学，我都迫不及待地盼着高中毕业，恨不得暑假也不过了，直接进大学。我从来都没有对上学那么有热情，主要还是因为康奈尔大学的酒店管理学院是我自己想要而且争取到了的，所以感觉十分满足。另外，像所有的高中生一样，虽然对要离开家里熟悉的环境有些担心，但同时又对终于可以自己独立生活充满了兴奋和好奇。

开学的第一天，新同学陆陆续续进了酒店学院的大礼堂，我们专业一个年级大概有300多名学生。大家入座前叽叽喳喳，有些同学性格外向，非常友好，主动伸出手向周围的同学做自我介绍；有些同学很安静，自己坐下来，目不转睛地盯着手中的各种材料，没有心思社交。我也发现很多外国同学，有些韩国和中国来的学生相互打招呼，好像都已经认识。这种国际氛围感觉很熟悉，让我想起了北京五十五中。

欢迎仪式开始以后，酒店学院的院长向大家问好，并嘱咐我们利用在康奈尔美好的四年时间去真正了解自己。怎样了解自己？就是挑战自己，离开舒适区，不要害怕所谓失败。院长说，在大学里是不存在真正的失败的，因为校园是温室。我听了这番话，觉得似懂非懂。在学生眼里，尤其是一个亚裔学生眼里，成绩是最重要的，如果成绩不好，绝对算是失败，怎么可能没有失败呢？当时的想法是线性的：努力学习得高分，得了高分可以找到好工作，找到好工作一切就都完美了。基本上就是这么单纯，因为刚入校的大学生往往看不清未来，不懂得每一段经历体验，不管成功失败，都不能保证下一步的成功。而且因为父母一直强调学习的重要性，所以在孩子眼里，上一所好学校或取得好成绩就可以保证未来。其实，这样的想法有可能造成孩子将来非常失望。好成绩和好学校是开始，不是终点；所谓的“学习”不只是分数，还是精神品格，即愿意学习新知识、挑战未知事物，不管什么科目难题，都愿意刻苦钻研达到目的。

挑战之一：拓展视野

康奈尔大学和美国其他大学一样，会提供很多和传统学科完全没有关系的选修课。举例来说，比较有名的选修课有意大利歌剧，不光学习意大利歌剧历史，期末时全班同学还会去曼哈顿看一场歌剧，并写一篇论文作为期末考试。鼎鼎大名的农业学院也为全校学生开放了一门园艺选修课。通过园艺课可以学到很多植物知识，包括植物栽培的设计、植物生理、土壤和营养的持续管理等。学生要花很多时间亲自在户外或温室里动手体验，而不是光坐在教室里听课。建筑学院也有一门很受欢迎的选修课，结合人类的发展、历史和文化介绍全世界从古到今最有标志性的建筑，其中包括中国的长城、法国的埃菲尔铁塔，还有20世纪末迪拜建的阿拉伯塔酒店，等等。令我印象最深刻的课堂讨论题目是一座建筑物怎样才能被视作是有“标志性”的。有一种结论是几笔之内就可以画出一个所有人认得出来的轮廓，长城、巴黎铁塔和阿拉伯塔均是如此。这种看法很有意思，引得同学们议论纷纷。

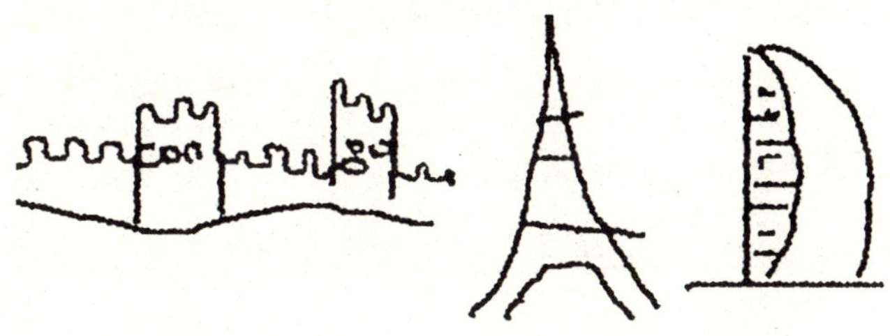

全校最有名，也是最受欢迎的选修课是酒店学院

的品酒课，课上可以品尝到世界各地各个品种和级别的葡萄酒，学习酿酒的知识、葡萄酒的历史和法律、酒和餐饮搭配，等等。这门课是开放给所有学生的，一堂课有 800 个学生，酒店学院的大礼堂都坐满了。这门课的目的不是让大家都变成品酒大亨，显示自己的高贵，相反，为的是让所有人都懂得怎样品尝和挑选最适合自己的葡萄酒，不管价钱高低，个人喜好最重要。欧洲是葡萄酒的故乡，欧洲人不分贫富，天天都可以喝到自己喜欢的葡萄酒，懂得怎样让葡萄酒伴随自己的生活。酒不应该是炫耀身份或学问的载体。课上品尝的酒的级别从在超市可以买到的平价品牌，到个人收藏并赠送给学院、价值上千美元的都有。当我们品尝收藏级别的酒时，老师就会提醒我们，如果将来也可以收藏名酒，一定不要忘了回赠学校！

美国法定的饮酒年龄是 21 岁，所以只有大三大四的学生才可以选这门课，我也是大四时上这门课的。这门课也是康奈尔出了名的难得分的课，并不是光喝酒那么简单，还需要背大量的酿酒知识，比如不同地区的地质、气候、干湿度会怎样影响酒的口感，还有一些植物学和化学知识。总之，想得高分并不容易，更何况来上这堂课的什么样的精英都有。

当时坐在我旁边的是新加坡政府资助的交流学者，在新加坡的成绩是数一数二的。他上这堂课时居然滴酒不沾，只管学习书本知识，考试仍得满分，是全班800人的第一名。哪怕考题是问哪种酒有什么样的味道特点，他也是靠背的。大家品尝时，他就写笔记，记下老师说应该品到什么味道，考试时按部就班地回答。我曾经问他为什么不尝尝，他说他对酒精过敏，不能品酒，但他对葡萄酒非常感兴趣，加上他的奖学金对分数要求很高，所以他就只能刻苦背诵很多知识。我很佩服他，并不是因为他几乎门门都100，而是他兴趣广泛，而且有动力涉猎陌生领域。

当然，也有很多同学选课的主要目的是品酒。大家把各种酒传来传去，每个酒瓶都有一种特制的塞子，每次只能倒一口到自己的杯子里。有些人想多倒几次，周围的人就开始不耐烦地催他们快一点儿，所以也不可能喝多，毕竟这还是一门课呀。

这些选修课存在的目的就是为了让学生从个人兴趣和好奇心开始，找到自我。与生活有关的内容才是可以完成个人拼图的碎片，让学生感受到生活中学习是无处不在的，学习知识不只是为了分数和就业，也是为了让自己的生活更丰富多彩。只有感受到学习可以怎样融入生活，学生们才会真正体会学习的意义。

当时我接触了很多亚裔同学，他们都很少上这些选修课，反而经常利用选修课的学分去学第二专业。比如主修专业是工程，就用选修课的学分再拿一个经济学学位，以此提高自己的就业竞争力。有些学生可能真正喜欢经济，但大部分还是觉得上“不务正业”的选修课是浪费时间。其实这种看法是不全面的，原因如下：

第一，美国是一个情商重于智商、个性重于技能的地方，利用这些生活类选修课提高情商，反而会让自己更有竞争力。如果两个成绩都非常优秀的亚裔学生同时应聘一份工作，两份简历上表明一个学生选修课上的是经济，另外一个是品酒，招聘者或许就会觉得学习品酒的学生更有个性，反而对他感到好奇。而且，公司也往往希望聘用多姿多彩的员工，为企业文化添加色彩，并不希望员工都是清一色的工程师加经济学家，这样公司氛围就会单调。举例来说，谷歌公司（Google）遍地都是工程师，而且一个人有多个文凭是很普遍的，但是谷歌非常强调企业文化和个人特点。对于一个业内领先的公司来说，它的竞争优势就是想法不拘一格、兴趣丰富开阔的聪明人聚在一起产生的创造性思维，而这个光靠书本知识是做不到的。

第二，上选修课也是接触美国同学的好办法。通常，上这种主题开阔的选修课的学生一般也是思想比较开通的，愿意了解新的人与事。上品酒课时我结识的新加坡同学，他选的课程除了品酒课以外，基本上都是工程方面的，朋友圈也基本由同学科的新加坡人组成，但是通过品酒课，他认识了我和其他几个酒店学院的学生，还有几位别的专业的美国同学。这堂课一个礼拜一节，一共十节。大家渐渐一起复习功课，一起喝咖啡、吃午饭，学期结束以后依然保持联系。

这些选修课经常会有团队合作的作业，这也是提供机会让同学们一起学习交流。我上标志建筑课时，有一个期末项目需要大家组成三四人的小组来完成。题目是设计一座标志性建筑，大家要一起构思它在世界上的什么位置、属于什么国家、代表什么、功用是什么、有何种象征性，等等。当时我的小组伙伴有三位美国同学，一位是来自美国加州学人文学的，一位是来自美国缅因州学美术史的，还有第三位组员是来自德国的留学生。可以想象，大家的背景和思维方式是很不一样的，这就使得讨论更加有趣。在交流的过程中，大家也成为了朋友。

第三，一个人在异国他乡学习往往是非常孤独的，而且压力很大，需要找到放松自己、调节压力的途径。很多学生都背负着沉重的思想压力，包括父母的期望和经济投入，所以往往全力投入学习，不太注意生活方面的需求。在康奈尔，有很多亚裔留学生都有忧郁症状，与外界交流不多。一旦考试分数不理想，就会觉得自己没有出路。时间都花在学习上，没有社交生活，没有朋友可以倾诉，往往就会觉得非常压抑和绝望。每个学期都会有学生自杀的新闻，而且大多数都是亚裔留学生。我每次听到类似的新闻，都会感觉非常惋惜。

我做了一段时间的志愿者，陪一些愿意倾诉的同学聊天，发现很多学生都觉得自己的生活十分封闭。我建议他们去上一些生活类选修课，轻松一下，不要总围着专业转。有些亚裔学生很犹豫，觉得这是在浪费学分，而浪费学分就拿不到双学位，会让父母失望。我劝他们，如果拿到了双学位但是自己非常沮丧，对取得的成就也感受不到任何喜悦，这样的结果不是反而更让父母伤心吗？所以我的建议是上一些让自己的心灵和大脑都可以伸展的课程，用学习来享受生活。

挑战之二：不怕失败

正如院长所说，学校是温室，跟真正的生活比起来，只有实验，没有失败。尽管如此，很多亚裔学生还是害怕失败，其实无非就是得低分。有些同学除了觉得上生活类选修课是浪费时间以外，其实也害怕这些课，因为这些课需要的技巧可能不是他们的强项。比如一位数学很好的同学虽然对建筑感兴趣，但是标志建筑课不需要数学反而需要写作，而写作是这位同学的弱项，于是就担心学不好，得不到理想的分数，拉低平均成绩，所以宁可不上这门课。其实这是一种害怕冒险、抗拒新事物的表现，而适当的冒险和接受新的体验是生活和工作中重要的一部分。

我有一位酒店学院的同学，他的成绩非常好，数理化尤其出色，几乎门门考试都得高分。虽然他也花很多时间复习功课，非常勤奋，但是基本只选他有把握得高分的课。选修课他选了几堂物理系的数学课，差不多都是工程专业的学生上的课，对于像我这样的普通学生来说，这是在和康奈尔最顶尖的理科学生竞争，我肯定不行，但他就可以。他的口头禅就是这些课没什么，花些功夫复习就行了，拿A很容易。一开始我以为他只是好面子，才爱说这些课有多容易，以此掩饰他需要花很多时间复习才可以和专业学生竞争。后来我慢慢意识到，毕竟我和他的水平不是一个档次的，我觉得不可战胜的难度对他来说并没有那么困难。

有一次我们聊天，提到彼此都对心理学感兴趣。恰巧康奈尔有一门非常棒的心理学课，是全校第二受欢迎的（第一为品酒课），于是我提出一起选这门课，可他非常犹豫，反复说这门课和他的专业无关，是浪费时间。我和他抬杠说，物理系的数学课也和酒店行业无关，可他也在上。多个回合以后他终于承认，他没有把握心理学课得A，所以不愿意冒险把平均成绩拉下去。对此我当然可以理解，毕竟他花了那么多时间和精力构建自己拔尖的平均分数。后来，我自己去上了心理学课，这门课对我来说确实吃力，我费了九牛二虎之力才得了个 B⁻，也就是 80 多分。心理学需要背诵大量的信息，这不是我的强项，所以尽管很努力地去学，成绩仍然不太理想。不过，我学到了很多非常有趣的知识，对我后来在工作上碰到的一些难题也很有帮助。我觉得我的分数并不代表我应用这门课程的能力。相反，大学毕业后，我的这位同学找到了很好的工作，在一家很有名的咨询公司上班，但工作以后很长时间都不能适应。

要知道，在工作岗位上是没有评分的，没有人会给你打分，给你 ABCD 的等级。"追分"的后果往往就是总希望得到认可，但因为工作岗位上并没有这种黑白分明的奖励，所以期望很容易落空。还有，刚迈入职场的人难免会碰到各种难题，很难自选接什么样的项目，虽然体现强项很重要，但也一定要有能力接纳并挑战弱项，展现自己的能力、潜力和刻苦。如果经常对新的挑战犹犹豫豫或表示胆虚，就会给别人留下挑剔的印象，这会直接影响将来能不能得到更多自己想做的项目。这位同学已经习惯了门门得 A，一切尽在掌控之中，反而不能适应职场要求。短短一年后，他变得情绪低落，经常神经高度紧张，最后决定主动辞职，花些时间“寻找自己”。

我还有另一位酒店学院的好友丹尼（Danny），是大二时从生物系转过来的。他原本是想学医的，成绩也很优异。大学一年级时，他在学习生物系课程的同时，也上了酒店学院的选修课，结果对酒店管理产生了兴趣。从生物系到酒店系是非常大的转变，但是他仍然做了这个决定。大二时，他把酒店学院一年级的课也同时补上了。他继续学习出色，而且为人低调，毕业时已经不知不觉地成为我们专业 300 多名学生中的第一名。

毕业后，丹尼在一家有名的房地产开发公司做酒店投资。两年后，他发现自己非常依恋“服务”行业，但所谓的“服务”，不是在酒店里做服务工作，而是在人们最困难的时候去提供帮助。一开始，他觉得很沮丧，感觉自己浪费了很多时间，不知是否应该回头，但实际上我们都还很年轻，大学毕业几年后也有很多人选择去商学院进修或攻读研究生学位来改行。可以说，任何投资于让自己更清楚地认识自我的时间都不是浪费，而是让自己的选择更加明确、更有意义。

经过一段时间的思考，丹尼决定还是回到做医生的道路上，这让大家都觉得不可思议，因为他似乎绕了好大一段弯路。他花了三年时间完成大学时放弃的数理化课程，开始准备报考医学院。到各个医学院面试时，面试官看了他的简历都感到很奇怪，不理解一个学酒店管理的人怎么会想要当医生。他的解释是，酒店行业和医学都是服务行业，酒店里的客人就像医院里的病人；酒店一天 24 小时营业，医院也一天 24 小时运作；酒店工作人员的使命是让客人有美好的入住体验，而作为医生，除了治病救人，也需要理解病人的需要，让病人感觉安心。他还开玩笑说，做酒店服务行业经常节假日都不能回家，做医生要值班，也差不多呀！丹尼除了优秀的成绩以外，也有令人佩服的耐力和决心。虽然他最终成为医生要比其他同学晚几年，但是因为他有了这多余的时间试探自己内心真正热爱的东西，这几年的时间是值得的。他作为医生一定是百分之百、诚心诚意的，而不是因为外界压力不清不楚地选择了这条道路。

一般来说，人的职业生涯是很长的，可能有三四十年，在这期间，世界在改变，个人也在改变，所以变动是正常的，投资几年时间去探索不是坏事，反而可以让自己更加坚定。最重要的就是敢想就敢试、敢做，不要只是犹豫，因害怕失败而不敢行动，结果变成心不在焉地过眼前生活，想着别的却又没有行动，最终什么收获都没有。连马云都说过，20 多岁时最重要的就是经历。所谓的经历就是投资一些时间探索自己，任何经历都是在塑造品格，而不是浪费。

挑战之三：脱离“世界围着我转”

大学二年级的第二学期，因为依然非常想念中国，我决定做交换生去香港。当时香港中文大学刚刚成立自己的酒店学院，我是第一批参与交换的学生。虽然香港离内地不远，但是氛围非常不一样。刚到香港时，我很不适应，也吃惊自己的适应能力没有想象中那么强。毕竟，我搬过很多次家，换过很多所学校，现在怎么不能适应了？我很快意识到原因，是因为香港不但不是我熟悉的环境（与美国和中国内地都不一样），我也没有任何熟悉的人在身边，这跟以往都不一样。

2002年的香港，所有人基本上都只说粤语或英语。我刚到校园时，有些香港本地同学不是很友好，我和一起来的好友丹尼碰到了很多困难。比如，学校的惯例明明是如果班里有外国学生，就会用英文授课，可是有几门课除了我和丹尼以外都是本地学生，他们就抗议用英文授课，说大家英语水平不一样，学不好。因为我们两个在，本地学生就得吃力地用英文学习，他们心中不满我是可以理解的，但尽管如此，我的心里仍然不好受。有些香港同学知道我是美籍华裔，以为我不懂中文，就故意跟我说来香港就应该讲中文。当我告诉他们我会普通话时，他们又排斥我说的不是粤语。总之，当时我在交际方面处处碰钉子。

当然，我心里也清楚，香港与其他地方一样，总有些人比较排外，但还是有非常友好的同学愿意结交和帮助留学生。我当时的室友就是一个非常友善的香港女孩，性格豪爽大气，在我情绪低落时为我打气，平时也经常邀请我和她的朋友一起活动，周末和过节还会请我到她家里做客。她的情谊如雪中送炭般令我感到温暖，我们结下了深厚的友谊。

学期开始的第二个月，国际学生活动部为我们组织了几个校外项目，其中一个是到广东汕头的一所小学去教几天英文。我和几位美国同学、一位澳大利亚同学决定一起去。那时的汕头和现在很不一样，还是一座经济不太发达的城市。我们坐了几个小时巴士来到镇上，看见满地尘土飞扬，到处都是电动三轮，周围是破旧的广东式建筑，地沟里满满的废水垃圾，整体感觉十分没有朝气。说实话，我还没有到过这样的地方，所以非常好奇迎接我们的将是一段什么样的经历。

我们的巴士到了被参差不齐的旧红砖墙围着的校园。车停下后，大约十来个八九岁的女孩拥上来，我们下车后，她们都很积极地用英文说：“哈罗！哈罗！”有一个活泼的女孩知道我会说中文以后就一直跟着我，问很多问题，但都是非常单纯的问题，比如我不学习时喜欢干什么，喜欢看什么样的书，香港、美国、北京都好玩吗，等等。她就像普通朋友一样想了解我，非常可爱。校园里有几座平房和一栋两层小楼，一层是教室，二层是给住宿的学生的。有些同学离家太远，每天来回时间太长而且太贵，就住在学校里面。这所学校的大部分寄宿生都来自贫困家庭，学校会补贴住宿给他们。

我们一起走进两层的校舍楼，里面黑黢黢的，有光的地方可以看到很多尘土在空中飘着。左右两边是走廊，一边有两三间教室。正对面是楼梯，可以上二楼。校长朝我们迎面走来，拍着手说欢迎欢迎。他和一位老师先带我们到二楼的房间，把行李放下。我和澳大利亚女同学同住一个房间。房间很小，只有一盏灯吊在正中央。墙上的漆都掉皮了，水泥地上也有很多灰尘。我们睡的两张床看起来像行军床一样。跟我很亲热的小姑娘和另外两个女同学跑到我们房间里，围着我们兴奋地又唱又跳。她们说我们真幸运，可以两个人住一个房间，她们的房间差不多大，但是要睡四五个人，除了床以外什么都放不下。老师告诉我们到班上集合，那个小姑娘拉起我的手说："我们快走吧！"她的活泼感染了我。

我们下楼来到教室里，同学们坐在座位上叽叽喳喳地议论着，目不转睛地看着我们这几位外来的"助教"。校长向大家介绍我们是外国大学生，在香港读书，专门来汕头教他们英文，会和大家共同学习、生活几天。同学们纷纷开心地鼓起掌来。老师给我们每个人分配了几名学生，让我们相互介绍，顺便练练英文。我问我组里的几个同学为什么想学英文。有的同学很直率，说因为老师规定的，或者说是父母说进这所学校不容易，应该把握学习英文的机会；有的同学说不知道为什么学英文，以前也没有见过外国人。和我要好的小姑娘自己跑到我的小组，告诉我她跟老师说了想加入我的组，我说没问题。我问她："你为什想学英文呀？"她飞快地回答："因为我想和全世界所有的小朋友说话，当然得会英文啦！"她的答案让我愣了一下，因为她只是一个从来都没有离开过汕头的八九岁的孩子，却有和全世界交流沟通的愿望，我真的很感动，顿时觉得我们才是来学习的人，这些小同学也是我们的老师。

下课后不久，我们来到食堂。所谓的食堂，就是在操场上临时搭了一顶很大的白色行军帐篷，里面很闷热，不过晒不到太阳，而且还摆了台电风扇吹风。炊事员站在一张长桌子后面，面朝我们。桌子上摆了好多铁盆，里面都是菜。第一天晚上为我们准备的菜有炒土豆丝、西红柿炒鸡蛋、蔬菜炒肉片（当然是菜多肉少），主食是馒头和米饭。同学们都说，因为我们来了才有西红柿炒鸡蛋和肉菜。我们围着几张圆桌坐着，同学们有说有笑，好像没有任何烦恼。

晚饭后，我们回到宿舍。太阳开始落山了，从二楼的窗户看出去风景不错，因为周围都是平房，可以看得很远。到了洗漱的时间，我们发现公共厕所也很简陋，还是传统的蹲式厕所，但有一扇扇门挡着。洗手池边上有几只大红色的塑料桶，老师会在桶里装满开水，大家可以舀一些开水和凉水到另外几只中号的桶里，提到隔间里擦澡。虽然条件不可能和家里比，但是我和我的澳大利亚室友都毫无怨言，反而觉得这是一种很新鲜的经历。更何况我们也知道这不是长久的，不过几天而已，这些孩子却天天如此，而且这里比他们自己家的条件要好。

洗漱完后，我们回到房间，那个小姑娘又和两个朋友来我们房间串门。她带我们到窗口，指着远处一河之隔的地方，那里灯火辉煌。她羡慕地说：“那是我们汕头的特别经济开发区，你看多漂亮呀！”相比之下，我们所在的地方就是一片漆黑。我问她有没有去过那里，她说不能随便去，得有特别的证件才可以过桥。我又问同学里有没有谁去过，她们都说没有听说过。小姑娘很坚定地说：“我长大了以后一定要去。”

在学校的这几天，我们和学生们朝夕相处，走的时候都觉得依依不舍。临走前一天，我们和几个小同学到镇上去玩。那个小姑娘带我们去了她最喜欢的馄饨摊子。她很豪爽地为我和我的澳大利亚室友一人买了一碗五块钱的馄饨。我对她说不用客气，我们自己带钱了，她却说我们是客人，应该请我们。她只给我们俩要了两碗，自己却没有。我提出一起分享，她拒绝了，坚持说这个太好吃了，要我一定要自己吃完一碗。我真是说不出来有多感动。直到今天，我都还记得她跟我说话时满面笑容、眼睛弯弯的样子。

坐在回香港的大巴上，我回想这几天的经历，感慨万千。我的心同时感到沉重和轻松。沉重是因为我很牵挂那些学生，尤其是那个小姑娘。我们相互留了地址，希望通过写信保持联系。我衷心地祝福她，希望她梦想成真，可以走出汕头，走向更广阔的世界。沉重也是一种责任感，觉得一个条件有限的孩子尚且有很大的梦和宽阔的心，我作为一个资源比她丰富的大人，反而思想狭隘，一天到晚自怨自怜，只想着身边的人和事，在香港的处境有多苦恼。像我这样的人，除了天天想着怎样扩展个人利益，通过得到好成绩、找到好工作来精心雕刻自己“完美”的未来以外，真的是缺乏超越意识，很少思考能为他人和社会做什么贡献。也许是觉得自己很渺小，如果想帮助别人、改变社会，就应该先自己做好。但是自己做好有尽头吗？何时才算是自己不错了，可以开始考虑为他人或社会做贡献？当我想到这里时，反而觉得轻松了，因为我决定把对未来的忧虑，其实也是加诸自身的负能量，转变成正能量去帮助别人。

记得曾经看过一篇报道，关于美国著名演员安吉丽娜·朱莉（Angelina Jolie）。她从小生长在演员家庭，但她因为家中的种种变故成了问题少女，很多年都饱受忧郁症的折磨，而且有自残倾向，直到她成为演员以后，生活依然无法安宁。26岁时，她因为拍一部电影去了柬埔寨。在柬埔寨的一家孤儿院里，她抱起了一个几个月大的弃婴，婴儿冲她笑了。事后，她回忆当时的情景，说她那时突然明白了自己的使命：她想把前半生放在自己身上的负能量转变成正能量给这个孩子。这个婴儿后来成了她的大儿子。她意识到她的种种自暴自弃其实都是因为自私，每天只想着自己，除了周围黑暗的事情，没有任何突破和超越自我的意识。直到在柬埔寨的孤儿院里抱起了未来的儿子，她才找到生命的意义。如今她已担任联合国亲善大使多年，专门为冲突地区难民，尤其是儿童，谋取福利。

当然，我和安吉丽娜·朱莉毫无关系，也没有她万分之一的影响力，但是她的这种感受和我当时一样，也是很多人参加社会福利工作以后都会有的感受。这种感受并不光是把自己放在一个陌生或条件很差的环境里就可以体会到，而是要通过真正接触并且帮助有需要的人。现在的人什么都有，却总是不开心，因为幸福和喜悦的感觉有很多种。买东西时感受到的快感是最短暂的，很快就过去了；帮助他人后感受到的快感是持久的，而且更深刻；觉得自己在为社会或他人贡献时的幸福和喜悦则是永久的。所以，万事开头难，都需要从迈出第一步开始，往往很小的举动便可以给他人带来很大的安慰和帮助。

在香港交换学习以后，我回到美国上大学最后一年。我忽然觉得我变成了一个有使命的人，不愿意再每天戴着考试和分数的枷锁，面前的目标总是参加下一场考试，完成下一份作业，准备下一次面试，大家就像一群绵羊那样围着同样的目标转。虽然我依然不十分明确自己的目标是什么，但是我总在想，无论我做什么，都希望可以有一些贡献，哪怕是小小地帮助某些需要帮助的人。

大学四年级时，我在校园里找了一份零工，在亚裔学生资源中心做一些整理文件的工作，同时也可以结识一些酒店专业以外的同学。资源中心有一个小小的图书馆，里面的书都是关于亚洲文化或美国亚裔移民历史的。我和另外两位亚裔同学以及两位美国白人同学一起在这里工作，他们也同样对亚洲文化感兴趣。

因为校园里没有其他与亚裔有关的活动场所，所以很多刚刚从亚洲不同国家来的学生都喜欢到我们的小图书馆复习功课。我也慢慢地认识了一些学生，尤其是中国、韩国和日本的研究生。慢慢地，和他们熟悉以后，通过交流，我发现他们来美国学习有非常大的压力，部分来自父母对他们的期望。他们把所有的精力都放在学习上，学习不顺利的时候就会感觉沮丧无助。康奈尔有很高的学生自杀率，因为学习压力大、竞争强，而且学校位于纽约州北部非常冷的地方，每年从10月到来年4月都会连日阴天、大雪纷飞，这样的天气也更容易让人感觉压抑。平均每学期都会有一名学生自杀，而且大部分是亚裔。我了解这些情况以后，便试着接近这些留学生，也和另外几位同学一起组织野营之类的社交活动，帮助大家放松心情，同时也告诉他们一些关于美国文化，以及怎样在美国生活的知识。虽然只是小小的努力，但是看到他们开心，我也感到非常满足。

毕业典礼上，酒店学院的院长说希望我们在康奈尔的四年挑战了自己，并进一步了解了自己，同时也嘱咐道，在康奈尔读书是社会给予了我们机会，我们是受益者，而每一位受益者都有责任去帮助、给予他人，尤其是酒店学院的毕业生。

酒店学院的创始人E.M.斯塔特勒先生（E.M. Statler）在1927年创办学院的时候就说过这个学院的使命：

> 生活是服务——有进步的是那些可以给予自己同胞更多、更好服务的人。
>
> （Life is Service—the one who progresses is the one who gives his fellow men a little more，a little better service.）

这句话的意义是深刻而永恒的，并且从 1927 年到现在都是适用的。从事业的角度来讲，这句话是在说无论我们从事何种工作，成功永远意味着为他人提供更好的产品或服务。想想世界上现在最强的品牌或最受好评的产品，就会发现，大部分人喜欢一家公司或一个产品，都是因为它让我们过得更好、更有意义、更方便、更舒适。在工作环境中，一位杰出的工作伙伴或领导都是愿意帮助周围的人成功的。服务的意义可以千变万化，但是每一个成功的概念后面都少不了为他人服务的使命。

更深一层，从人生的角度来讲，这句话的意义更深刻。它是在呼吁我们不要忘记，如果每个人都愿意为他人服务或帮助他人，整个社会就会进步，会变得更好，所以我们每个人在生活中也应该向周围的人和整个社会敞开心扉，伸出支援的手。院长对我们的嘱托就是不要忘记学院创始人的号召，让这柄精神火把继续燃烧，为自己的同胞和全世界的人提供更多更好的服务。酒店学院的毕业生其实只有15% 进入酒店旅游行业做经营管理工作，更多的是进入其他行业，因为各个行业都需要拥有“服务”意识。也有很多毕业生和校友在非营利机构工作，比如联合国儿童基金会等。

我建议每一位在美国上大学的同学抓住机会，拓展视野，不要怕失败，不要总觉得世界就该围着自己转，尽力让在美国读书的时间不只是体会新的国家和文化，同时也可以找到和建立一个新的、更好的自我，帮助自己，帮助世界。

大学实习和毕业求职

在美国，大学基本都会向学生提供实习和求职的信息，一般通过以下几种途径：

第一，校园招聘

很多大公司都会举行校园招聘，在招聘会现场设立展位，公司代表坐在一张桌子后面，等学生上前咨询。毕业生参加招聘会前要准备好简历。现场有机会向各家公司的代表简单做一下自我介绍，在这种情况下，第一印象非常重要，而你通常只有几分钟的时间。此时，最有效率的是肢体表达，握手应该坚定诚恳，一定要有眼神交流，说话时也要直视对方。美国人一般认为没有眼神交流——比如对话时眼睛四处张望，是很不礼貌的。因为交流的时间很短，一定要准备好自我介绍的三句话：

"您好！我的名字是×××，我的专业是×××。我对贵公司感兴趣的原因是×××。希望可以对贵公司有更多的了解！"

美国人把这种简单的自我介绍叫作"电梯推销"。为什么？因为如果你在电梯里碰到了公司里的重要人物，有机会表现自己，就应该有准备好的台词。一般来说，招聘会上没有太多的时间让公司对你有更深的了解，所以要留下好的第一印象，希望公司之后会和你联系，进行正式面试。

大三时，我也参加了招聘会。我对市场推广很感兴趣，而市场推广是非常宽的领域，各个行业都有市场推广。我去了几个展位，有酒店旅游行业的公司，也有其他行业，比如广告公司。根据对象不同，我的自我介绍也略作修改，与不同的公司对应。如果对方是酒店公司，我的自我介绍会是："你好！我是艾米·王。我的专业是酒店管理，我对国际旅游行业感兴趣，而你们是全世界最大的酒店集团，所以我希望可以得到更多关于贵公司的信息，看看有没有就职机会。"如果是普通商务公司，比如广告公司，我的自我介绍会改为："你好！我是艾米·王。我的专业是酒店管理，但我主修市场推广，所以对广告公司很感兴趣。我听说你们的客户大部分是服务行业公司，所以我想我市场推广和酒店行业的双重背景符合你们对人才的需要。希望可以得到更多信息。"最重要的是，一定要说明自己想达到的目的和公司可能需要的人才是相符的，帮助公司看到你的价值，以最快的速度留下好印象，因为你的目标就是希望他们可以接收你的简历，有兴趣跟你联系，通过面试做更深的了解。

第二，职业发展办公室

通常，每个院系或专业都会有自己的职业发展办公室，有本院系或本专业毕业的校友和主要公司的联系信息。你可以搜索资料库，直接和这些校友或公司联系。采用这种应聘方法，简历和求职信都非常重要，因为见不到真人，只能通过电子邮件来申请。

大二时，有一位非常成功的酒店学院校友来学校讲课，他是做酒店房地产开发的，是一家非常有名的酒店集团开发部的高管。参加他讲座的大概有几百名学生。听完讲座以后，我对他的公司很感兴趣，便想看看有没有实习机会。我到酒店学院的职业发展办公室，在校友名录里找到了他的联系信息。我写了一封求职信，里面提到他演讲的几个重点，谈了自己的兴趣和学习过的一些酒店开发的相关课程，表达了希望去公司实习的意愿。同时，我也没忘附上我的简历。我想，可能有很多人都会和他联系，申请实习机会，但我也想试一下，大不了他不回信或我得不到机会。成功的前提是敢于尝试，如果连试都不试，当然就没有任何机会。我把电子邮件发出去后，也没有抱太大的期望，没想到两个礼拜以后竟然收到了这位校友部门里一位员工的邮件。那位员工告诉我，她收到了我给校友的邮件，希望可以和我联系进行面试。我非常兴奋，不敢相信真的得到了回复！

我得到这份实习工作以后，又见到了那位校友。他对我说，只有我一个人听完讲座后和他联系了，他没有收到其他学生的任何邮件和电话。我听了非常吃惊，心想也许大家都和我最初的想法一样，觉得肯定会有很多人跟他联系，竞争很激烈，干脆就直接放弃了，而我只是试了一把，发了一封电子邮件，没想到却成功了。这件事再一次说明了："试"是最重要的，是第一步。很多亚裔学生和家长都把成功的定义放在结果上，但其实过程中的每一步都很重要，每一步都需要尝试，才有最后成功的可能。应该把每一步都看成是一个小的机会，很多步骤连在一起才能通往最后的胜利。

第三，职业搜索网站

学校一般也会有职业搜索网站，来招聘的公司把职业描述放到学校的网站上，学生可以根据兴趣进行搜索和申请。申请的方式也是通过电子邮件上传自己的求职信和简历，公司看了以后会直接和学生联系。这种方法是最难求职成功的，因为你的竞争对手非常多，而且没有任何个性化的机会让你给招聘方留下好印象。只能提供基本文字和数据，公司通过简历看有没有他们找的关键词，寻找他们需要的具体技能。

在这种情况下，一封个性化的求职信是最好的起点，在这封信里，你可以写明自己实习或工作的目标为什么和所申请的公司相符。说实话，我也通过这个方法申请过，但得到面试机会的概率非常低。我只有两次得到了面试的机会，两次都是因为我写了恳切的求职信，和公司的要求十分吻合。面试时，面试官都告诉我，我的求职信给他们留下了深刻的印象，所以有兴趣和我见面。申请这两份工作的大部分人都是酒店学院的学生，很多学生为了效率高，写求职信时使用模板，一看就是标准化内容，给每家公司都发一样的信，结果给招聘方留下不够认真、缺乏诚意的印象。

一般求职信只有一页，并且只有三段，这样看起来一目了然。第一段用来说明你为什么对这家公司和这个职位感兴趣，你的职业目标和学习过哪些相关课程。第二段可以用于描述自己的背景和经历，往往通过这一段，招聘方可以联想你的背景经历和第一段所提到的工作目标的关系，知道你的个人动力在哪里。第三段重申你对这份工作的热情，以及自己有哪些优点和优势是和这份工作有关的。

当时我申请的有一家跨国酒店管理公司，实习地点没有明确是在哪个国家。我在求职信的第二段里描述了在北京学习的经历和去香港交流的经历，以此证明我对新环境抱有开放的态度，乐于接受新观念和新挑战。第三段里，我表明我的强项就是灵活、适应性强。大学生一般只有基础的书本知识，没有任何实践能力，最好的资本就是积极的态度。很多公司招聘时都会说技能是可以教的，但态度和积极性是很难教的，所以我当时的目的就是尽量通过求职信体现出我的诚心。

面试：IQ和EQ大比拼

像考大学时一样，如果两个学生成绩一样优秀，各方面技能水平也都相当，往往决胜局就是面试，只有面试才可以体现出你的与众不同。这时，你的EQ，也就是个性、品格、人格，就会变得很重要。就算你的成绩门门是A，但若面试时给人的印象是不好相处、不够灵活、不够自信、不成熟，都相当于告诉面试官你可能不适合公司文化。怎样才能提高自己的EQ？就是通过挑战自己和了解自己，增加阅历，这不是光靠啃书本就可以做到的。

欧洲的高中生毕业以后，一般都会休学一到两年，去旅游或者找一些临时工作。所有的大学都欢迎学生有这些经历，有了这些经历反而会使他们对大学的吸引力更高，因为视野宽阔的孩子会对上大学的意义更有想法，而不只是填鸭似的学习知识。美国和中国在这方面的共同点就是都从孩子的竞争力和生存力的角度出发，认为时间就是金钱，应当多花时间增强竞争力和生存力，但是很少注重孩子真正的生活意义。这样的观念可能造成的后果是，最后从学校走出的“孩子产品”只想着工作或赚钱，不懂得珍惜自己和生活。

不过，在美国有一点不同，虽然美国的教育体系可能还做不到像欧洲那样鼓励学生休学一两年去寻找自我，但是美国的大学环境还是支持这些活动的，而且许多工作机会都和这种经历有关。我所做过的所有的“寻找自我”的投资，包括选修各种课程和到香港交换学习，在求职面试时都为我提供了很大的优势。面试官问我的问题80%都和我的个人经历有关，如果我没有多元化的大学经验，是不可能有出色的答案的。我列举一些自己曾被问到的问题，这些问题都没有标准答案，但是答案会体现出一个人的素质、思考和联想能力。

请用一个你的个人故事来描述为什么你对市场推广行业有兴趣？

问题目的：你的工作兴趣和你的生活兴趣有关吗？一个人如果生活和工作兴趣相符，那么他对工作的态度会更积极。你的个人故事不一定精彩，但是要有意义，只有经历过让自己思考的事件才会有个人故事。

你学习或工作以外的爱好是什么？为什么？

问题目的：公司希望通过了解你的爱好来判断你的性格和公司的文化是否相符。你不一定要和公司里其他人的爱好一样，但是你的爱好可以说明很多。比如，如果你喜欢看书，就表示你是一个喜欢有个人时间的人，而且有耐心吸收大量信息，可能自学能力比较强；如果你的嗜好是攀岩，也许说明你是一个愿意挑战新状况的人，而且有技巧和系统性思维解决问题。

用三个词来形容你自己。为什么选择这三个词？这三个词对你重要吗？为什么？

问题目的：你也许说的是自己怎样形容自己，也有可能是别人怎样形容自己。通过这个答案，可以看出你是一个更在意自我评价的人，还是更在乎外部评价的人。只在乎自我评价的人自我要求很高，但是可能不太注重他人的看法和想法；一个注重他人评价的人，则有可能牺牲自己的想法来获得他人的认可。这些都可以给面试官提供信息。

如果你明天赢了六合彩，你会做什么？为什么？

问题目的：看看这份工作和你的理想生活有多远。如果答案是你就不工作了而且什么都不想做，也许你是实话实说，但是这会表现出你是一个本身比较懒惰的人。如果答案是去做一些自己喜欢的事，比如旅游或者其他嗜好，则会显示你是有目标的人。不可能人人都做自己理想的事，但是有理想和没理想是有区别的。

如果你碰到一个难题或陌生的问题，不管是工作还是生活中的，你怎样面对和解决？请把步骤描述一下。

问题目的：这个问题是要看你有没有挑战过自己。如果你的答案是所有的难题都解决了或者没有难题，就表示你没有挑战过自己，一直都在自己的安全范围之内。并不一定非要挑战什么天大的难题，重要的是你有挑战的心态，不惧怕挑战。

你为什么选择你的专业？

问题目的：了解个人的事业动力，是否只遵从别人的指示。大家都知道，将来的工作很可能和专业完全没有关系，重要的是有能力做自己的选择。

你能想象自己五年、十年和二十年后在做什么吗？生活是什么样子的？为什么？

问题目的：这个问题不是看你的人生安排做得好不好，而是看你有没有想象力和灵活性。世界变得很快，一个有五年计划的年轻人是有动力的，有十年计划是有目标的，但是连二十年计划都安排好了则可能说明这个人不太愿意接受变化，不够灵活。如果真的有二十年计划，就一定要清楚地说明自己为什么会这样想。

这些面试问题都不难，很多都是聊天式的，但是可以看出其目的都是在短时间内对应聘者进行更深入的了解。如果答案都是被动的，所有的选择都不是来自内心而是因为别人，给面试官的印象就会是这是一个没有主见的人，进而联想到这个人在工作岗位上会不会也没有自己的想法。

中国大多都是独生子女，孩子听从家长建议的情况可能比较多。但是在美国，“听话”这个概念是非常陌生的，孩子在肢体和精神（最好也有经济的）的尽早独立是被鼓励的。所以，利用大学建立自己的人生观，培养独立性，对将来的工作和生活都有好处，而且会打开更多机会的大门。

第六章

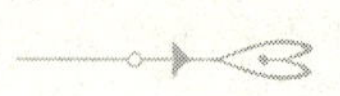

建立个人品牌和事业目标（十年工作经历总结—美国）

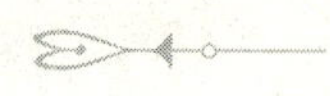

“关系”在美国也很重要：纽约

2003年我大学毕业时，美国经济状况不好。据说，20世纪90年代美国金融业迅速发展的时期，康奈尔大学酒店管理专业的学生平均每人毕业以前就能拿到三四个工作机会，其中起码有一两个是满意的，而我当年所在的毕业班，50%的学生连一个都没有拿到，差距非常大。我虽然拿到一份录用通知，但并不满意，所以也没有立即就业。毕业后回到家里，我开始每天上求职网站，同时继续与学校的职业发展办公室和校友会联系工作机会，感觉既沮丧又迷茫。和很多毕业生一样，我迫不及待地想上班，开始新生活。终于，两个月以后，我接受了香格里拉酒店集团在纽约的北美办公室的一份市场推广工作。其实现在回想起来，两个月真的不算什么，但是刚毕业时，没有任何经验来支撑自己的信心，父母也一直督促我继续找工作，所以心理压力比较大。

在大都市纽约上班一开始是很令人兴奋的事情，最初几个月，我一直沉浸在终于独立自由的幸福中，很多事情都可以自己做主，不用再问父母。但很快，我就发现纽约的种种情形都不是我原先想象的，和电视电影里看到的也都不一样。纽约对我来说作为旅游地很有趣，但在这里居住和上班却很痛苦。

首先，纽约的房租非常贵，住宿条件相对也差，一个月两千多美金只能租到十多个平方米，要想住好一点儿的地段，就一定要和起码两个室友合租。虽然纽约资源丰富，有上千家餐馆、酒吧、画廊、商店，还有百老汇、博物馆和中央公园，但是真正享受这些资源的时间非常少，因为大家都在为工作奔波。刚刚毕业的我工作很勤奋，长时间工作对我来说不是问题，毕竟初来乍到应该卖力。不过，纽约的氛围虽然充满活力，与此同时我却也觉得这里有时死气沉沉的。每天早上，密密麻麻、成千上万的人从一栋栋公寓楼里走出来，大家都穿一身“纽约黑”，像蚂蚁一样一排排进入地铁。没有人脸上有微笑，所有人都是累得要死、生活无谓的样子，像机器人一样从地底拥上来，到公司旁边的星巴克或小咖啡车排队，然后继续排队，走向高耸入云的办公大楼，再排队进旋转门，消失。下班以后，大家都有聚会或休闲活动，被称为“欢乐时光”（happy hour），一般就是几个朋友在酒吧畅饮吃饭。时间久了，各个周末都如此，有再多的餐馆我也感觉有些乏味。

香格里拉虽然是世界知名的酒店集团，但它毕竟是一个在亚洲更有声望的公司，虽然当时很有雄心在北美扩张，但是对于我来说速度太慢了。我的工作也着重于传统的推销和市场推广，从第一天起，我就觉得自己已经在一天天浪费生命。还记得当时我想：生活和工作就是这样吗？面对这样的情况，父母总会觉得我很挑剔：各方面条件都非常好，为什么还不满意？其实我也没有特别不满，只是好奇这是否就是真正的世界。我们迫不及待地离开校园，迫不及待地开始新生活，可自由的滋味并没有想象中美好。六个月以后，我决定试试别的行业、别的城市。既然从小就住过很多地方，搬家和新的环境对我来说不是难题，反而是一种解脱。

准备找新工作时，除了上网搜索以外，我也通过校友和朋友圈来打听。在中国，关系很重要，这个事实连美国人都知道。在美国上商学院学国际经济课程时，只要谈到中国，都会讲到“关系”。其实在美国，“关系”也同样重要。英文相应的词是 network，也有网络的意思。与中国的“关系”不同的是，一般 network 指的是认识某人以后可以看到机会的大门，但这扇门是不是为你而开还是要靠自己。

记得有一天，我和大学时的室友一起吃午饭，告诉她我想换新的工作，并说我对市场推广和咨询公司感兴趣，但是不知道从哪里开始。聊着聊着，她突然告诉我她有一个朋友也是康奈尔校友，大学毕业以后本想学法律做律师，后来不知为何转行为一家广告公司工作。至于朋友具体做什么，她也不清楚，但提出给我牵线。一个礼拜以后，我们三个人一起吃了午饭。听了我的意向以后，我室友的朋友说我的兴趣看起来和她的公司是相符的。当时她正好在人事部门实习，她说她们一直在招聘，而且大学刚毕业不是问题，很多广告公司正希望从头开始塑造人才。她让我把简历给她，她会递给她的上级，如果通过了，我就可以来面试。我非常感激这位朋友为我提供了一次机会，因为通常最难的就是争取到可以递上简历的机会。

也许大家会想，这顿午饭一定是我买单，但事实并非如此。当时大家都很年轻，一顿午饭也很随意，都没有在这方面多想，自然就好。在美国人的习惯里，如果当时我请了这顿饭，反而会让那位朋友感觉有压力，因为她只是帮忙问问，并没有保证什么，我没有必要给她造成人情负担。

两个礼拜以后，这位朋友为我带来了好消息。她说人事部门看了我的简历觉得不错，于是转送给了市场推广部门，他们决定让我过去面试。我非常兴奋，对朋友说请她喝一杯。这是美国人表达谢意的一种方式，没有请吃饭那么隆重。在美国这样一个凡事AA制的地方，请吃饭，尤其是晚饭，而且是不太认识的人，是比较隆重的。这位朋友说不着急，等我得到了工作再说。

面试那天，我来到公司的大堂。广告公司的大堂永远是非常有吸引力、非常酷的地方。我马上就感觉到这是家快节奏、有朝气的公司。面试前后一共四个小时，有八位不同的面试官。问题都非常抽象，因为刚从学校毕业的大学生一般没有太多工作经验，所以面试的目的主要是考察一个人的思维方式、团队精神和学习意愿。我回忆了一下，主要有下面几个问题：

1. 你为什么对市场推广感兴趣？这好像和你的酒店管理专业有些距离。

我的答案：我对市场推广感兴趣，是因为这个行业的核心是更加了解和掌握人的感受和想法。我觉得不管做什么样的工作，能够明白他人的想法、感觉和思路都是非常重要的，而市场推广可以为我在这方面打下良好的基础。另外，酒店行业和市场推广是有关系的，酒店行业也需要市场推广，并且十分重视市场推广。旅游和酒店行业的服务宗旨是让客人感受到新环境带来的精彩和心动，但同时也要让客人感到熟悉和温馨，就像通过自己的家来体验世界。从这个角度来说，旅游行业是一个在理解消费者心理方面很有挑战性的行业。

2. 你在香格里拉工作了才六个月，为什么这么快就想换工作了？

我的答案：也许是因为已经学了四年的酒店管理，所以对外面的世界开始有些好奇。或许有一天，我还是会回到酒店旅游行业，但是现在我想体会一下别的行业。我听说给广告公司工作是接触其他行业的最好、最有效的方法，因为可以同时服务不同行业的客户。我希望可以迅速学到更多新的东西。

3. 我们听说你希望可以去我们波士顿的总部工作？为什么不愿意继续留在曼哈顿？

我的答案：大学时我完成了三次实习，其中两次都是在曼哈顿。大学一年级的暑假，我的实习工作是在苏豪区（Soho）一家有十几年历史的餐厅，创始人是康奈尔酒店学院的校友。我在那里学到了不少餐饮行业的知识，也明白了在曼哈顿维持一家餐厅十多年有多不容易，更何况是在苏豪区这样一个竞争非常激烈的社区。大学二年级，我在鼎鼎大名的房地产开发公司铁狮门（Tishman Real Estate）的酒店房地产开发部门实习。铁狮门是20世纪70年代建造美国世界贸易中心的公司，我在那里学到了一个庞大的酒店房地产开发项目应该怎样运作，当时我也在曼哈顿工作和居住。经过这两次实习，我觉得我比较了解曼哈顿了，现在也工作了有半年，我决定为了新的工作机会去其他城市尝试一下。更何况公司的总部在波士顿，相信我在那里可以学到更多。

个人发展和事业成就齐头并进：波士顿

波士顿是美国最古老、最早有欧洲移民居住的城市之一，建立于1630年，在美国1776年发表《独立宣言》前就有了。波士顿最有名的就是两所名校：哈佛大学和麻省理工大学。除此之外，还有大大小小十几所大学，比较出名且名列前茅的有波士顿大学（Boston University）、波士顿学院（Boston College）、塔夫茨大学（Tufts University）等。波士顿整座城市也是充满学术气氛，大街上学者气质的年轻人很多，人们的样子都很有书卷气。在行业领域方面，波士顿最出名的是生物医疗科技，很多世界知名的生物科技公司都在波士顿。

2004年1月，我搬到了波士顿，开始在狄杰斯（Digitas）总部上班。狄杰斯是世界四大广告集团之一阳狮集团（Publicis Groupe）旗下的一家市场推广咨询公司。

当时狄杰斯总部位于市中心的保德信大厦

（Prudential Tower），我在马路对面租了房子，每天虽然工作到很晚，但是上下班非常方便。在公司和住所的周边，步行五分钟之内有超市、健身房、购物中心，还有许多餐饮选择，生活也十分便利。另外，因为波士顿有浓郁的学术氛围，我个人觉得这是一座可以让年轻人更容易适应从学生到上班族转变的城市。

狄杰斯的氛围和香格里拉非常不一样。香格里拉的管理方式比较传统，而且当时纽约办公室员工的平均年龄比较大，虽然人不多，但是讲究等级制度，基层员工职权有限，基本上所有事情都需要上级批准，比较被动。狄杰斯很不一样，当时的总部一共有800多名员工，大部分员工都在二三十岁左右，年龄大一些的基本上都是领导层。狄杰斯也非常注重员工培训，从所谓的“硬技能”——怎样有技巧地运用各种办公软件、做数字分析、写报告，到“软技能”——如何与不同部门的同事合作、领导团队、有效地管理客户关系。从一开始，狄杰斯给我的感觉就像一个“事业学前班”，一个培训基地，是为了让我们以后的事业更顺利而建立的一个特殊的培训环境。当时和我一起工作的同事大多年龄相当，大家一起工作，一起学习，一起努力，一起娱乐。直到十几年后，我依然在使用当时在狄杰斯学到的各种软硬功夫，并始终和当时认识的一些朋友保持深厚的友谊。回过头去看，我觉得第一份工作无论是什么行业、什么公司、什么岗位，最重要的是要天天都可以学到新东西、迎接新挑战，因为世界变化非常快，如果我们不在前沿，就已经落后了。

我加入狄杰斯时也是网络商务开始逐渐成熟的时期。狄杰斯当时是比较少的几家专门做与网络商务科技有关的公司。那时我的客户平均只花 20% 的广告费在网上，大部分还是投在电视、杂志、报纸等传统媒体。短短几年以后，大部分公司都 180 度大转弯，80% 以上的广告投资转到了网上。今天就更不用提了，很多公司都是 100% 投资在网上。我在狄杰斯工作时，有两番话对我有很大的启发。

当时公司里有一位高管是我工作上的导师，他对我说在事业方面最好可以观察、探索和揣测出人们在生活需求上的下一个潮流是什么，而不能仅仅关注当下的潮流。所谓水涨船高，只要找对了水和浪，就一定会被带着向前走。还有，因为我个人性格和兴趣的原因，我对未来充满好奇，所以在电子商务和顾客体验方面，我也有兴趣。

美国著名的新闻杂志《高成长公司》(*Fast Company*)是面向新科技、设计和商业的周刊。我在上面看到一篇报道，说“千禧年代的青年”(也就是俗称的“80后”)，一生可能平均有四份完全不同的职业。现在普通人的工作寿命延长到三四十年，也就是说每八至十年就可能完全改变自己的职业。这并不稀奇，在金融业工作的可能突然变成厨师开餐馆，糕点师也可能变成精通网上商务的企业家，律师同样会变成周游世界的生活导游并拥有自己的博客和十万多粉丝。这些转变天天都在我们身边发生，说明我们的职业也在慢慢变得不传统。生活方式变得多元化，人们的需求也就跟着迅速改变，整个经济环境也在变化。无论何种职业，最基本的目的之一是提供服务，满足他人的需要，不管是身体、精神，还是心理上的，所以当需求改变，工作的性质也会跟着改变。世界上唯一不变的事实就是所有的东西都时时在变。

这两番话加在一起告诉我：无论做什么，只要有职业道德、个人品格，愿意反思、学习，学会处理人际关系，就是在给自己打好基础，将来做什么都可以，不怕未来的变更。就算不知道下一个潮流是什么，打下的基础也总归是属于自己的。

工作几个月以后，一位同事介绍我加入了他的大学同学在波士顿建立的一个组织。这个组织专门聚集波士顿地区的亚裔职业女性，为了两个目的：第一，建立工作联系，相互支持帮助；第二，辅导高中和大学的亚裔女生，特别是贫困家庭的孩子（比如东南亚难民的后裔），帮助她们建立学业和事业的基础。这些学生大多学习刻苦，但是家里经济条件不好，父母也没有精力给孩子任何指导，甚至连报考大学的程序都不清楚。对于这些女孩来说，就算成绩好，也往往会因为无法很好地融入美国社会而错失机会，非常可惜。

我听到同事的介绍以后，非常感兴趣，不由自主地想起在香港做交换生时认识的汕头小姑娘。我心里想着可以有机会帮助更多个像她一样的小姑娘，于是毫不犹豫地参加了这个叫作 ASPIRE 的组织。ASPIRE 的中文意思是“立志”，也是 Asian Sisters Participating In Reaching Excellence 的缩写，这句英文的意思是“亚裔姐妹协同走向卓越”。

接下来的两年，我在波士顿过得非常充实，慢慢地有了自己生活和工作的圈子。若是工作上碰到不顺心的事，我就会请教在 ASPIRE 认识的比较年长的会友，她们中很多都有多年工作经验并在大公司担任高管，也很愿意花时间来辅导年轻一辈的事业，我从中学到了很多。

同时，我们辅导的高中生和大学生也都非常出色。我们为她们策划了不同的“课程”，比如大学申请和求职面试指导，都是我们自己当年在升学和求职时碰到困难的地方。有几个女孩考上了哈佛大学和麻省理工，我们都为她们感到高兴。其中有一个女孩，出生于非常典型的贫困移民家庭。她的父亲原来在越南是医生，来到美国后语言不通，也没有经济条件学习英文去考美国的医师执照，不得不在麦当劳做清洁工来维持一家三代的生计；她的妈妈也在洗衣房没日没夜地工作。她考上哈佛后，她的父母和祖父母都感到十分欣慰和喜悦。她通过自己的努力和我们的帮助，实现了人生中第一个重要的目标。到了哈佛以后，她还继续参与我们的组织，帮助其他和她相同背景的女孩。

这段经历给了我很大的启发：自己工作上取得成绩固然开心，但运用自己的能力去帮助他人更让我开心。只要大家相互帮助，我们的集体和个人都会变得更强。我鼓励自己好好积累经验，将来才会有更大的能力去帮助他人。一直以来，这个想法给了我很大的动力。

在狄杰斯的三年里，我逐步锻炼自己的工作技能，也加强自己的职业自信。每一个刚刚踏上事业旅程的年轻人都会有一段调整、适应的过程，才能找到能力和自信之间的平衡点，养成不断学习的习惯。在狄杰斯，因为身边都是杰出的专业人士，所以一开始我对自己的能力，尤其是弱项，非常敏感。在这里又要说回美国人和中国人衡量自身能力的不同习惯。美国人基本上只注重自己的优点，善于发挥强项来面对人和事；受过传统教育的华裔则更关注自己的缺点，因为从小所受的教育就是要弥补缺点而不是加强优点。这样就会导致华裔员工在工作岗位上，尤其在和优秀的同事接触时，往往不由自主地想到自己的不足，如果自己的不足恰好是对方的强项，就会更加介意。

以我自己为例，我从小到大的数学成绩都不算差，但心里清楚跟真正数学好的人其实差距很大，而且父母也会说我没有多少数学天赋，所以我对自己在数学方面的短板很在意，跟脑子特别快的人共事就会紧张。别人问我问题时，我满脑子都在操心自己脑子慢，而不是集中注意力思考怎样解答问题。另外，在职场上没有人给你打分，不像在学校里，考试拿到ABCD，起码知道自己是什么水平。上级和同事却不会明确告诉你哪里做得好，哪里做得不好，所以自己心里就要有个衡量指标。

信心不足的时候怎样摆脱心理枷锁呢？办法之一是要下功夫，在有可能暴露弱点的项目上多花时间。这是中国式的老办法，其实美国人也会用。只要比别人更加了解情况，多给自己一些时间思考，或者考虑周全，能够预测别人会问什么问题，往往是可以应对的。这个道理和学生时代学习是一样的，天下的事没有难和不难，只是铁杵磨成针罢了。其实美国人在工作上是很用功的，尤其是看重事业的那些人。我总是开玩笑说，天生聪明外加有兴趣和动力愿意用功吃苦的美国人虽然很少，却是难以抵挡的。美国靠自己创业且获得世界影响力的人，大多都是属于这一类。很多采访中都可以听出他们的思维方式、自幼成长经历和父母的影响，以及免不了提及他们非常努力，往往会利用别人玩耍的时间钻研自己感兴趣的事情。刻苦钻研自己感兴趣的事情和中国人平常说的“做功课”是不一样的。在别人玩耍时拼命做老师布置的作业或完成上级布置的任务，未必就是成功的保证。

面对一份工作时也要注意，如果工作时感觉50% 以上的时间都比较吃力，就算努力过一段时间也是如此，或许就该考虑换一份工作。但是如果只有 20% ～ 30% 的时间觉得吃力，那未必是一件坏事，甚至是一件好事，意味着这份工作还有学习的余地，多下功夫就可以学到一些新的东西，扩展能力。不过，在学习的过程里也不必非要让这 20% ～ 30% 变得完美，硬和自己较劲。毕竟，在学习新技能与进一步发挥既有强项之间达到平衡也是重要的职场战略。

另外还有重要的一点，就是以前提到过的积极发言的习惯，这同样是美国人从小就培养的。美国人往往注重表达一个意思的方法，而不太注意内容的准确性或深度。当然，一个人若是胡说八道，50% 以上的内容都让人听不明白或者根本就是错的，大家一定不能接受，但如果90%，甚至只有80%是正确的或合理的，只要逻辑清晰，而且说得真挚、诚恳，那么大部分人都会接受。最重要的是要表达自己的想法。很多亚裔员工，只有在100%或90%有把握的时候才敢开口，否则就没有自信，觉得自己是在信口开河，而且往往也看不惯随便发言的同事，觉得他们不尊重观众。其实，在美国人眼里，开会不发言，只是干坐着，这才是对他人的不尊重。请你来开会干吗？就听着？不自信的时候要下功夫，但是下了功夫以后就一定要自信地发言！

我在工作上越来越得心应手，发展得不错。大概两年多以后，我感觉遇到了职业发展的瓶颈。虽然我热爱广告推广，但当时我的客户是美国三大汽车公司其中的一家，而我个人对汽车行业实在是没有兴趣。我又开始怀念酒店旅游行业，于是开始寻找可以结合我现有工作经验的酒店旅游业公司。同时，我觉得应该进一步扩展视野，所以决定换到其他的城市。在美国，为了工作搬家是很普遍的事，特别是年轻人，不用顾虑拖家带口。当时很多同龄的朋友工作和居住的地方都离自己的父母非常远，每年只有节假日才可以回家团聚。

从20世纪90年代起，咨询行业迅速发展，主要原因是很多大公司开始重新考虑运营策略，所以我的很多同龄人都投身咨询行业。这个行业可以让人在短时间之内积累知识和经验，因为可以同时接触不同行业的客户，但是工作强度也非常大，经常每个礼拜星期一至星期四都要飞到外地出差，甚至每周东西两岸来回飞都很普遍。当时我也想过从事咨询，可以专做酒店旅游餐饮业的项目，但是这样的工作节奏实在太快了，个人生活也很难协调，于是我放弃了那条路。2007年4月，我决定去芝加哥加入凯悦酒店集团（Hyatt Hotels & Resorts）。

拓展“软硬技能”，开阔视野：芝加哥

我非常高兴可以回到酒店旅游行业，也许正因为

离开了几年，反而比刚毕业时更有热情。可以在一个国际酒店集团的总部工作，对于我来说是很兴奋的事。首先，大学毕业以后直接进入酒店集团总部工作的机会非常少，总部往往都雇用已经有工作经验的人；其次，上大学时大家都向往有一天可以在总部工作，所以我很欣慰我实现了这个目标。做酒店经营管理一般需要很多年在酒店工作的经验，才可以到总部管理公司在经营方面的开拓和发展，但如果是做其他支持岗位，比如市场推广和企业金融，往往不需要有酒店行业的经验，只要对本专业的知识和技术有深度了解，就可以作为专家进入酒店行业。

我是凭借电子商务的从业经验进入凯悦的。凯悦当时在电子商务方面刚刚起步，正在筹建团队，我有幸成为这个团队的创始人之一。与狄杰斯很大的不同是，凯悦在市场推广和电子商务方面的团队规模很小，最初只有十多个人，而狄杰斯整家公司都是做市场推广和电子商务的，所以我在茫茫人海里很难突出，更何况我也算是年龄小的。到了凯悦，我很快就成为业务骨干，利用在狄杰斯学到的全部本领全力以赴帮助凯悦创建团队。我当时的上级是凯悦“金护照”会籍的总监，负责全球忠诚度营销。她虽然工龄比我长十几年，但她的专业背景是传统市场推广和营销，不太懂电子商务，所以非常需要我的专长。我在凯悦的进展突飞猛进，所谓机会是给准备好了的人的，我发现狄杰斯就像我的培训地，凯悦才是我真正可以利用学到的一切打造事业前景的地方。

三年以后，我成为国际电子商务总监，主管凯悦在北美以外电子商务的拓展。我尝到了“满天飞”的工作状态是什么样的。我一年里多次到世界各地出差，最长的出差有 20 多天，到 13 个不同的国家和城市。第一次国际出差，我一口气去了东京、北京、香港、印度的新德里和孟买、阿联酋的迪拜、瑞士的苏黎世，以及德国的慕尼黑、法兰克福、柏林，还有巴黎和伦敦。说实话，头几天是很兴奋的，坐商务舱和头等舱，享用机场的贵宾休息室，但我很快就体会到国际性工作的劳累，理解了为什么飞机上和机场休息室的设备和服务对“满天飞族”那么重要。在飞机上睡的一觉往往就是我唯一睡觉的机会，在休息室吃的饭往往就是我一天唯一的一餐，就连洗澡的时间都只在休息室或飞机上才有。比如在迪拜开完会以后，差不多晚饭时间赶到机场，在休息室吃一些东西后上飞机。飞机上也会提供晚餐，但是飞行时间只有七个小时，所以我要利用这段时间尽量多睡觉，因为到了伦敦以后，下了飞机就要赶往下一个地点开会。每次出差，基本上只有看看机场和一路上车里、窗外是什么样子的时间，根本没有空闲。记得一次出差，我大老远地去了塞尔维亚，一个非常漂亮的国家，以后可能没有机会再去，却也只去了短短三天，其中来回飞就用了一天的时间。

虽然这种工作状态很刺激，但是我也要考虑平衡事业和个人生活。当时我已经订婚了，每隔一段时间就会出差，让我想到长期这样会给个人生活带来困扰，也让我理解了公司里很多前辈和领导的辛苦。很多人家里也有年龄很小的孩子，无法陪伴孩子成长。

现在全世界的人似乎都在为工作奔波，尤其是在中国，有很多发展机会，人们往往因为不愿意错过机会或者没有别的选择，只能牺牲家庭，拼搏事业。我们看到和听到的都只是一个人表面的辉煌，却不了解背后的牺牲。有一句话说：一个人的成功应该用他的牺牲来衡量。当然，每个人对什么值得牺牲的看法不一样，但是我第一次清楚地看到了成功背后的牺牲。

此后的一年多时间里，我也尝试了管理岗位，结果发现自己在管理和领导方面缺乏自信。职场上的自信和学校环境中的是不同的。我管理的团队中有几位比我年长的同事，我的第一反应是尊敬他们、了解他们的想法，但是我逐渐发现一定要有自己的主见。别人的建议作为参考是可以的，但若没有自己的主见，就只能做中间人，不停地向多方传话，效率低，也没有意义，反而得不到别人的尊重。我开始有意识地锻炼自己的表达能力。当然，不是所有人都接受和喜欢我的看法，这虽然多少让我有些不舒服，但是慢慢地，我也明白了不可能让所有人都高兴，只要体现出效果并支持大家参与，到头来还是会得到支持。从迎合别人到表达自我，这其实是一种成长的过程，是任何国家的年轻人可能都会经历的一道门槛。

一段时间之后，我决定重返校园，攻读工商管理硕士学位（MBA）。早在狄杰斯时，就有很多同龄朋友决定去读MBA。当时我不是很理解，因为直到我离开狄杰斯的那一天，都还觉得自己一直都在不停地学到新东西。每当想到MBA考生需要回答的一个问题——“你为什么想读MBA？”，我就会犹豫，因为真的不知道为什么要读。但是在凯悦三年以后，我发现自己的知识储备不够用了，每天都觉得知识是在不停地付出而没有补入。我不停地跟大家分享我的知识和技能，但是我可以学到的关于整个业界的知识却很有限，学习的速度比我利用知识的频率要低。这个时候我真心地感觉迫切需要继续学习，终于下定决心去读MBA。

工商管理硕士的课程有全日制（full time）和在

职（part time）之分。全日制和在职的区别在于前者需要离开工作岗位两年，全力以赴地投入学习。很多需要改行的人往往会选择这条道路，比如大学本科是工程，毕业以后做了几年工程师，决定改做商务管理或金融，就往往会将全日制 MBA 视为合理而婉转的转折点。在职 MBA 就是白天上班，晚上或周末上课，一个礼拜大概上两到三次课。这种选择适合希望继续留在本行业发展的人，比如市场推广或营销行业的人想提高管理水平，或者了解业内最新的发展动态。在职 MBA 的好处在于不会中断工作，也不会失去两年工作经验。另外，有些公司也会给员工进修方面的福利，承担部分或全部学习费用。不过，员工接受补贴以后，往往需要在拿到学位以后继续为公司工作一段时间，所以要自己考虑值不值得。

根据我当时的情况，我觉得在职读书更合适。第一，我希望留在原行业，暂时并没有转行的打算。第二，芝加哥有很多商学院，但是在美国国内和国际排名靠前的只有两所：芝加哥大学的布斯商学院

（Booth School of Business，University of Chicago）和西北大学的凯洛格管理学院（Kellogg School of Management，Northwestern University），两所学院都有在职 MBA 课程。芝加哥大学商学院的特长是金融，而西北大学商学院是市场推广，也是我更感兴趣的领域，所以我决定报考西北大学，没有再考虑其他。

报考 MBA 和考大学非常像，要看大学成绩、校园活动和领导能力，考察工作经验和事业发展。同时，需要公司上级写推荐信，还要考量工作以外的社会服务和影响力。当时我的上级是凯悦国际市场推广部的副总裁，他为我写了推荐信，也非常支持我在工作的同时继续学习。在社会服务方面，我在 ASPIRE 的社区服务经历对我的申请有很大帮助。

终于，我又再次迈进了学校的大门，每个礼拜两到三天下班以后到学校上课，从晚上 6 点至 9 点。周末两天，起码一天要用来做功课、复习考试，和同学们见面探讨项目，非常繁忙。有了将近七年工作经验以后踏入 MBA 课堂对我来说更有助益。在职学习效率也很高，白天工作碰到的问题，晚上可以带到课堂上和老师同学讨论；晚上学到新的战略，可以第二天在工作中实验。就这样继续了三年。

三年中，一个人在各个方面都会有变化。渐渐地，我发现我的视野变得更开阔了，更了解商务世界的运作规则，也领悟到商业对于世界正面与负面的影响。除了基本的主修课，如财会、人力资源和组织行为，我还尝试了很多不同的选修课，而且因为 ASPIRE，我对慈善机构管理等课程也产生了兴趣。另外，我也上了一些关于宏观经济的课程，通过课程了解发展中国家的经济规模、全球化对世界的影响、消费者经济带给世界的利弊、企业发展目标与社会责任、经济开发带给贫困国家和人民的喜与忧，等等。我开始对一个新的领域感兴趣，就是企业社会责任，也就是提出一个问题：企业应该对社会负有责任吗？如果有，是什么样的责任？在思考和讨论这些问题时，我发现选修这些课程和关心这些话题的同学真的是不分国籍的。这种课堂里往往外国学生较多，因为很多问题跟他们的国家有关，但是参与讨论的美国学生也不少，他们的视野超越了美国，把自己看成国际公民。虽然美国给人的印象是大部分人都不太在乎美国以外的事，但还是有一部分美国人，尤其是年轻人，是很关心国际课题的。

我开始关注一些“社会创新”的公司。所谓“社会创新”，就是企业在为股东提供价值的同时，也为社会提供价值。这种公司目前是非常少见的，大部分公司都仅仅是为股东提供价值。表面看来，它们似乎也在为消费者提供价值，但实际上是既伤害消费者，也伤害社会。举例来说，一家大型食品公司制造了很多物美价廉又方便的产品，很多消费者都会买，但是它的产品之所以价廉，是因为使用了很便宜的成分，而这些成分长期服用会对身体有害，虽然可能三四十年以后才看得出。在这种情况下，可以说这种公司是不负社会责任的。也有些公司可能是因为技术不到位，并不知道自己的产品对他人有害。无论如何，这种公司的首要目的是满足股东和消费者的当前需求，而只有在信息对称的情况下，消费者才能选择是支持还是不支持它们。反对一家公司最好的办法就是不买他们的产品，但现在消费者很难得到相关信息来做出判断。

一家社会创新的公司有什么不同呢？从第一天起，这种公司的商业模式就已经包含了社会和慈善的成本。比如，美国近几年来开始流行的“汤姆鞋业”（Tom Shoes）便鞋名牌。它之所以火起来，就是有一个“买一送一”的模式。所谓“送一”，就是你每买一双鞋，公司就会捐赠一双鞋给贫困国家和地区的儿童。公司的创始人最早去拉丁美洲旅游时，参观了贫困地区的小学，校长说没有钱买鞋的孩子走不了到学校的路，往往上不了学。这位创始人为这些孩子感到惋惜，进一步了解情况后才知道这是一个普遍问题。他回到美国以后，就想到了这种“买一送一”的模式。他相信消费者如果知道自己购物的同时又在做慈善，就一定愿意支持这个品牌。十年后的今天，“汤姆鞋业”已经市值几亿美元，而且一直延续了这个模式。

其实，每个跨国公司都有机会做这种贡献。就拿凯悦来说，在世界各地建造酒店和度假村时，建筑材料和施工过程也是环保的，这是为了尽量避免因开发旅游业而毁坏当地生态。另外，度假村的选址一般都是偏僻之地，开发前十分贫困，凯悦通过雇用当地居民，帮助解决就业。在很多发展中国家，凯悦也会尽量雇用当地的女工。在这些国家，女性经常因为受到性别歧视而难以就业，但很多研究都证明，如果一个社区里有工作的女性，整个社区的生活水平都会提高，因为女人有了工作赚了钱，往往第一个想到的就是照看家人，尤其是孩子和老人。不过，凯悦毕竟是一个传统的公司，如果想在这方面多做一些，就需要改变庞大的运作系统，非常困难。另外，到目前为止，很难证明做慈善是否真的可以抓住消费者的心，值得公司在这方面投资。

在凯悦工作五年以后，我决定在拿到 MBA 学位的时候离开，希望可以找到一家商业价值和社会贡献合为一体的企业，为之效力。作为一名职场人士，如果我一年有 300 天以上的时间都在工作，那么我希望我的工作不但对我和公司有意义，对整个社会也有一些帮助。

我们这一代的挑战之一是掌握平衡

离开凯悦以后，我决定给自己放假。这个决定是我想了很久的，但在父母眼中是一种冒险。我的父母是比较谨慎的，凡事都讲究稳妥。作为父母，这样想并没有错，毕竟很多中国父母，尤其是独生子女的父母，都希望自己的孩子过平安、顺利、较少挫折的生活。有可能是父母一代经历过很多波折，所以就希望我们这一代别太折腾，要懂得享受和珍惜稳定的生活。所以，有了份各方面都很好的工作却决定辞职，而且还不知道下一步怎么走，这种做法对他们来说是很难理解的。我解释道，为了将来更充实，可以做更多，我需要先暂停一下。这种抽象的想法他们就更不理解了。我记得当时父亲想了想，然后很认真、很直率地问我："我不太明白你这个想做更多但是得先暂停的想法，啥意思?"现在回想起来是挺好笑的。不过说实话，当时和父母交流，就觉得他们的想法像是来自古代，人们都认为地球是方的一样，要是我辞职，又没有找好下一份工作，就会从地球的边缘掉下去！可是，必然要有人去探险，才会知道地球不是方的，不会掉下去的。

我当然明白这样做有一定的风险，出于以下三方面的考虑，我才做了这个决定：

第一，在事业方面，我相信凭借自己积累的经验，哪怕有一小段工作空白，也是没有关系的，最重要的是我怎样利用这段空白。我希望可以花一些时间想想下一步要做什么。我认为，如果能把我对工作和慈善的激情合二为一，就再完美不过了。我并没有打算直接去慈善机构，因为我知道很多慈善机构也有自己的问题，往往因为资金不够而达不到目的。关键是让慈善和商业合二为一，但是怎样达到这个目的呢，我需要时间想一想。

第二，在个人发展方面，我要锻炼和测试自己的勇气和克服困难的能力。说实在的，暂时没有工作算不上什么挫折，我做好了可能需要一段时间才能找到新工作的心理准备。我不可能永远找不到工作，所以我告诉自己，碰到不顺心的面试或求职经历时一定要镇定。

第三，在个人生活方面，因为我一直忙于工作，很少有时间和家人在一起。常规的年假根本弥补不了长期不能和父母、家人、朋友相聚的遗憾，所以给自己放假或许是唯一的办法。就这样，我终于辞职了，告知父母我的决定算是先斩后奏。

事后我和很多朋友谈过，他们中有美国人、中国人，还有其他国家的人。我发现，其实我的这种想法是我们这一代人都有的。我们都明白，可以选择给自己放假、暂停工作做自我反省，是我们这一代的福分和特权。反观我们父母那一代，无论什么国家，作为和平年代的第一代，人们都只有一种选择，就是埋头苦干。在美国，上个世纪五六十年代出生的人也是这样的，一个人一辈子为一家公司工作是很普遍的。上一代人的尊严是你忠于公司，公司就会忠于你。现在的社会已经不是这样了，全球化和互联网的兴起让我们不停地付出，却不一定能够得到父母那个年代的回报。在这种情况下，我们应该更加珍惜自己的时间和能力。

我个人一直都认为，有权利做自己想做的事是社会给我们的福利，所以我们也应该回馈社会。我知道，不只是我个人有这种想法，中美两国有很多年轻人都是如此。现在的社会，只要我们愿意，就可以无限制地消耗。有做不完的工作、挣不完的钱，以及无数的机会来消耗自己的能量，同时也通过无止境的消费来满足欲望，消耗我们的资源和能源。对此，也许我们这代人应该说的不是YES，而是试着说NO。

接下来，我用了六个月的时间完成并测试了以上的三个想法，也可以说是目标。先从第三个，即与家人、朋友共度时光说起。首先，我和父亲一起去了趟台湾，我们爷俩从台北到太鲁阁，从日月潭到台南，来了一次环岛游。我对吃感兴趣，所有和美食相关的地点都由我安排；父亲对历史和政治感兴趣，所有相关的路线由他安排。从中学以后，我就没有机会长时间和父亲待在一起，所以那两个星期的时间对我来说是非常珍贵的。我看了许多美景，吃了许多美食，也见了多年没见的朋友，但最重要的是和父亲一起聊天，深入交流我们各自的想法。在他眼中，每次看到我都还是像上一次一样，但是每一次的我事实上都是在不断前进的。我发现，重要的不是弥补过去失去的，而是让父母可以和我一起往前看。

台湾旅行以后我也去了广州、香港等地，看望亲戚和朋友。在短短的六个月假期里，我幸运地可以有更多时间陪伴我很敬重的两位长辈，他们一位在香港，一位在纽约。可是遗憾的是，不久以后，两位都过世了。因此我也愈发觉得，与亲人共度的时间是讨不回来的，是珍贵的、永远美好的。

接下来，我又和母亲去了欧洲，在多瑙河上乘船慢慢漂流德国、奥地利、斯洛伐克和匈牙利。整艘船上包括船员只有100多人，平均年龄是60岁，而且就算把船员算进去，我也是全船最年轻的。大部分乘客都是美国和欧洲已经退休了的爷爷奶奶辈的。在这种环境下，我远离网络和智能手机，找到了平静。坐在船舱阳台上望着掠过两岸的城堡和教堂，我告诉自己用眼睛好好地看，用心好好地记，同时再拍照片。心里感到的平静是拍不下来的，只能放在心底。

在奥地利，我们参观了电影《音乐之声》中的自然场景，我和妈妈都想起我小时候一起看这部电影时的快乐。最有意思的就是参观结束以后回到房间，我们又一起重新看了一遍《音乐之声》，边看边讨论看到的场景和影片中有什么不同，非常有趣。其实，我们最需要的就是和家人、朋友有这种对话，随意地，没有任何计划、目的地放松闲聊，也就是欧洲人所说的“享受生活，为生活而生活”。

最后，我和我的先生也一起去了意大利。我们从大学毕业在一起有十多年了，感情基础首先是友谊，所以在生活、工作、爱好方面都有很多共同语言，也可以相互理解和支持。

大学毕业五年后，当时我的先生在宝洁工作，他那时的感受就和我打算离开凯悦时很像，也希望离开宝洁，谋求新的职业发展。经过商量，我的先生同样决定给自己放个假。接下来的六个月里，他花了大量时间陪伴家人和朋友。假期结束以后，他决定重新投入工作，同时也决定报考商学院，攻读在职 MBA。

我的先生在重新找工作时遇到了挫折。第一，他工作的时间毕竟不够长，只有五年。第二，在任何一个环境中时间待得长了，难免会丢失一些锐气，毕竟同事和上级对自己的能力和风格都很了解和信任，而且在公司内部转岗也比换一家新公司容易。从这两个方面来讲，我的先生准备不足。在面试新公司时，他一开始低估了难度，没想到此时的求职需要加倍的热情和说服力。几次面试不成功以后，我们两个都有些措手不及。经过讨论，我们决定把面试当作练习的机会，不要每次都给自己太大压力。每次面试都充分准备，我帮他一起想可能会被问到的问题，练习问答。又经过几次面试以后，他终于成功地得到了三家公司的录用通知。整个过程从开始到完毕大概有三个月时间。在这三个月里，可以说有些时候是比较紧张和沮丧的，但这段经历反而让我们两个更亲近，更了解对方，因为在一个人需要帮助的时候，另外一个人全力以赴地提供了帮助。

有了这段经历以后，轮到先生给我打气，支持我也给自己一段时间休息，重新找到焦点。在我放假的第二个目标方面，他给了我很大的支持，也帮我进一步坚定信心，树立平和的心态，意识到是否敢于尝试的实质在于能否承担失败的后果。辞职作为生活中很可能碰到的转折点，不管是被迫的还是主动的，接下来都可能遇到一些挫折。我告诉自己，和世界上更多人碰到的挫折相比，这实在不算什么，何况还是自己主动辞职的。有勇气迈出这一步，就要有勇气面对后果，而所谓的后果无非就是也许会比想象中需要更长时间找到新工作，尤其是如果我想转换事业焦点的话。在托斯卡纳时，我们谈了很多，也讨论了我应该怎样面对下一步的求职。有了先生的经验，我们就知道，从开始面试到求职成功至少要三个月！

给自己放了六个月的假以后，我信心十足地回到芝加哥，全力以赴开始探索新的事业，完成我给自己放假时定的第一个目标。我还是决定试着转投社会创新领域。因为这一领域的工作机会非常少，所以我先做了一些调查，了解领域内不同的公司和组织，然后通过“领英”（Linked In）和个人关系结识在那些公司工作的人，先进行“信息面试”。

“信息面试”是一种非正式的面试，也就是通过朋友和其他人介绍，在正式招聘程序之前先对要应聘的公司进行一些了解。在有了一定工作基础和社会关系以后，这样的“信息面试”是非常有效的，与你进行信息面试的人往往对你进入他们公司的正式招聘渠道有很大帮助，比如将你介绍给内部的招聘经理。当然，在最后的面试环节，如何展现经历、能力和潜力还是要靠自己。

我花了一个多月时间与20多个人进行了信息面试，更进一步了解社会创新这个领域。进入这一领域有以下三种选择：

1. 愿意在这方面做改善和创新的传统公司

在这方面有投资进展，而且和我工作经验有关的是食品餐饮类公司。美国的食品业非常庞大，但是几十年的投资方向都是在加工食品方面。美国是世界上最大的加工食品消费国。美国人一边为各种加工食品公司和供应链工作，一边自己作为消费者买这些食品。近十年来，美国消费者越来越意识到加工食品对健康是无益的，所以开始逐渐转向新鲜食品和有机食品。餐饮业现在也在慢慢改变，很多长期使用加工食品的餐馆开始转而使用新鲜食材，以适应消费者的需求。为了适应这种转变，食品公司和整个行业也必须有所改变，但是很多大公司，比如罐头公司，很难改变生产线，进行产品创新。

可以做这种转变的公司一般有两种，一种是从加工食品转为新鲜食品，更进步的一种是从新鲜食品转到更高质量的或有机食品，但无论哪种公司，重要的是公司有足够的内部支持和资金来做这方面的研究和试验。经过调查，我发现有两家公司具备这些条件，而且我个人也感兴趣，一家是麦当劳，一家是星巴克。这两家公司在美国和世界范围内的品牌认知差距可谓再极端不过了。我对麦当劳感兴趣，是因为它虽然是一个庞大的集团，但是它有能力和恒心改善自己在顾客心目中的形象；我对星巴克感兴趣，是因为首先我自己是星巴克的顾客，本身就很喜欢这家公司的产品和它在社会责任方面的参与，而且我知道星巴克一直在不断创新，始终走在顾客的前面，引领潮流，所以它也可以以向顾客提供更多更新鲜的高质量食品为目标。

2. 慈善机构

和上一种渠道相反的是直接加入非营利或慈善机

构，直接为受益者服务。通过朋友介绍，我认识了几位前辈，他们都有在慈善机构工作的经验。有些是先在企业工作，后来转到机构；有些是先在机构，然后换到企业，所以我可以聆听两边的建议和看法。

我了解到非营利和慈善机构基本上都是靠捐款维持的。很多很大的非营利组织，比如红十字会，当然可以得到非常多的资金，可能一年高达几十万美金，但不是所有组织都能得到这样的资助。我对小一些的组织更感兴趣，它们的组织架构没有那么庞大，运作效率可能更高一些，但是小的机构往往很难拿到资金，尤其是如果整个市场不景气，捐赠更会少很多。除非是像比尔·盖茨亲创并资助的非营利机构，其他机构若是遇到经费不足，很多项目就可能会被撤掉。另外，从事业角度来讲，我还年轻，事业道路还很长，因此一些前辈的看法是如果我转行到慈善机构，以后再想回企业可能会有一些难度。当然，这只是他们的看法，还需要我个人考虑清楚。

3. 社会创新咨询公司

现在有一些咨询公司专门给利润公司在企业社会责任方面做咨询。比如酒店公司可以聘请环保方面的咨询公司，进一步了解开发度假村时应该怎样保护当地的生态环境、减少污染，等等。这就是有社会责任感的企业。现在的消费者也开始有环保意识了，有些客人在选择酒店时可能非常在意那家公司在环保方面是不是妥当。

在这方面比较有名的咨询公司是 BSR（Business for Social Responsibility，网址是 http://www.bsr.org/cn/），他们的使命是：与企业共同创建更加公平与可持续的全球经济环境。BSR 是一个非营利组织，同时也提供咨询服务。像 BSR 这样的组织有非常明确的社会责任。

另外，还有一些所谓“设计思维”或“商业创新”的咨询公司，其中最有名的就是 IDEO（网址是 http://cn.ideo.com/about/）。它的业务范围是：运用以人为本的方式，通过设计，帮助企业和公共部门进行创新并取得发展；观察人们的行为，揭示潜在需求，以全新的方式提供服务。虽然 IDEO 的服务范围不一定非得是社会责任，但若客户有需求，它可以帮助实现企业的目标。比如，一家公司希望自己的商品和服务往社会责任方面发展，提供全新产品，就可能会聘请 IDEO 来做顾问。

和几位在这些公司工作的人士探讨以后，我发现转到这样的公司对我来说有一定的难度。首先，这些公司基本上只聘用有相关工作经验的人。如果我希望加入，就要牺牲已有的资历，从头做起。既然我已有十多年的工作经验和 MBA，就要想清楚做这样的转变合不合适。要知道，可能需要再有十几年的工作积累，才可能被看作社会创新领域的资深人士。

新的工作领悟：西雅图至上海

最终，我还是决定通过加入传统企业来推动并达到为社会服务的个人目标。2013 年 9 月，我加入了星巴克，做市场推广工作。星巴克其实并不把自己单纯看作一家咖啡公司。公司的创始人霍华德·舒尔茨先生说："星巴克首先是一家人性化的公司，用星巴克的规模来做好事。"从第一天接受员工培训，我们就首先学到怎样珍惜咖啡，而不仅仅是品尝咖啡。

制作咖啡实际上是一个漫长的过程。一棵咖啡树一年只能产出供我们饮用的不足一斤的咖啡豆。很多世界上最好的咖啡树都生长在悬崖边，栽培咖啡的农民和工人摘取咖啡要冒一定的风险。可以想象，要经过多少时间和多少人的努力才会有一杯咖啡到达我们的手中。星巴克的每位员工都有责任把自己的工作做好，才能正确而真诚地体现出经过每一位咖啡农民和工人的辛苦才得到的收获。我们这些和顾客打交道的员工都有"最后十尺"的任务。在咖啡从一棵树到一杯饮品的过程中，我们是做好最后这段距离工作的人。

加入星巴克三年以后，我于2017年的3月来到星巴克中国总部工作，现在在星巴克上海的支持中心做忠诚会员制度和卡产品的管理人。星巴克的总部相当于支持中心，因为我们的工作是支持全国门店的员工，帮我们的咖啡师呈现出最好的咖啡服务。我们称员工为“伙伴”，是工作和生活上的朋友，也是获得星巴克股份的人。全球的星巴克员工都有这个昵称。

五年来，我每天都觉得自己很幸运，可以加入一家以促进世界和人类更美好为愿景的公司。星巴克在全球都有帮助伙伴成长的不同活动。在美国，念大学的伙伴可以得到资助；在中国，2017年推出了“中国父母关爱计划”保险福利。一家外国公司，愿意为中国的年轻人和他们的父母提供这种帮助，不管是从慈善角度或商业角度来说都是非常有意义的一步。让员工可以更好地照顾父母，这是给员工的最大动力！

在很多公司还止步于怎样“顾客为上”或“股东为上”时，星巴克已经是超前的“员工为上”了。星巴克认为照顾好员工，员工自然会“顾客为上”，以后就一定会有好的成绩让“股东为上”。很多公司在员工和客人之间会毫不犹豫地只为客人着想，不在乎员工，但是没有员工就没有客人。在人力资源上，因此也在品牌效应上，星巴克可以抓住人的心。在消费者有选择的情况下，不仅会考虑品牌、质量和服务，也更愿意支持一家以人为本、服务社会的企业。

可以看出，现在的我非常自豪是星巴克的一名伙伴，但我知道我的这种喜悦也是得来不易的。可以说，我现在在星巴克，在中国，都是多年以来积累下来的个人和工作成长经历与时机的巧合。所以，我想最后送给读者朋友几句话：不管在中国、美国，还是在别的国家，有一颗愿意作为世界公民的心很重要。无论生活在哪个国家，找到自己的本心才是最重要的。只要不忘初心，明白自己的核心品格是什么，生活和事业上的发展都会是很有意义的旅程！

致谢

这本书献给每一位即将踏上留学旅程，或离家寻求自己独立成长的年轻朋友，真心祝福你们：一切顺利，不怕困难，走在通往陌生世界的道路上，以及探索内心的时候都要充满信心！是你们给了我分享我亲身经历的勇气和动力，希望这本书可以对你们这段重要的人生历程有所启迪，有所宽慰。

感谢我的父母，给予我“双重文化”的成长机会，使我拥有一颗可以逐渐承受多元化成长环境的心：凡事不一定要做到最好，但是要敢尝试，对人对事有心、用心，秉持诚信，满怀爱意，就可以迎接各种挑战和机会。

最后，感谢我的先生 Eugene，在二十多年的相处时光中，给我不断的支持和鼓励，并且一直保持和我一起探索、成长的初心。感谢我的女儿 Zoe，在短短四年里，给予我毫不犹豫的爱，赋予我前行的动力。